suhrkamp taschenbuch 3681

Als wisse er um die Sinnlosigkeit, Flaschenpostsendungen an die Zukunft adressieren zu wollen, hat Robert Walser sich um das Schicksal seiner Texte schon früh wenig gekümmert. Klaglos schrieb er »für die Katz, will sagen, für den Tagesgebrauch«, veröffentlichte Texte, die verstreut in Zeitungen erschienen und mit dem darauffolgenden Tag in der Fülle des Blätterwaldes verschwunden waren. *Feuer* versammelt diese erst Jahrzehnte nach Walsers Tod entdeckten Prosastücke und Gedichte, zusammen mit anderen Manuskripten aus verschiedenen Quellen, die zufällig erhalten geblieben und wieder zutage gekommen sind. Mit diesen Texten liegt nun, nach der Publikation der Mikrogramme *Aus dem Bleistiftgebiet*, das gesamte Werk von Robert Walser vor.

»Sie ergänzen das Bild, das wir von Robert Walser haben, sind glückliche Bereicherungen, um die wir froh sein können.« Anton Thuswaldner, *Frankfurter Rundschau*

Robert Walser
Feuer
Unbekannte Prosa und Gedichte

Herausgegeben von Bernhard Echte

Suhrkamp

Die Texte des vorliegenden Bandes sind chronologisch angeordnet.

2. Auflage 2019

Erste Auflage 2005
suhrkamp taschenbuch 3681
Mit freundlicher Genehmigung der Inhaberin der Rechte,
der Robert Walser-Stiftung Zürich

Vertrieb durch den Suhrkamp Taschenbuch Verlag
Printed in Germany
Umschlag: hißmann, heilmann, hamburg
ISBN 978-3-518-45681-1

ROBERT WALSER
FEUER

Inhalt

Prosa

Der Schuß. Eine Pantomime 11
Etwas über die Eisenbahn 17
Der Schriftsteller 23
Vom Zeitungslesen 28
Weihnachten 33
Feuer 36
Auf der Elektrischen 42
Die Frau des Dramatikers 45
Kuhstall 47
Rundschau 49
Das Dichterzimmer 51
Tell 53
Kleist in Paris 56
Der Märchenhafte 59
Vor einem Kino 63
Das Trinkgeld 65
Ernesto 66
Kinder und kleine Häuser 68
Die Kranke 70
Der Maßstab 72
Der Liebhaber 74
Acht Uhr 77
Das Karussell 80
Gartenwirtschaft 82
An eine Kabarettkünstlerin 84
Erwin 86
Der Mann bei den Blumen 88
Warum reise ich gerne? – Antwort auf eine Umfrage . 90
Der Kanal 92
Der Wald 94

Gedichte

Baden 99
Das Ruheplätzchen 102
Der Garten 103
Der Winter 104
Poet und Mädchen 106

Fragmente

Fragment ohne Titel (I) 111
Fragment ohne Titel (II) 111
Saal im venezianischen Palast der Duse 113
Die Kellnerin 114

Nachwort 117
Dank 128
Anmerkungen und Nachweise 129

PROSA

Der Schuss. Eine Pantomime

Personen:
Monsieur, ein Greis
Madame, sein junges Weib
Charles, ein Flegel, Liebhaber der jungen Frau.

Ein Salon, von Kerzen matt
und schläfrig erleuchtet.

Monsieur, Madame und Charles sitzen beisammen um ein kleines zierliches Tischchen auf Schaukelstühlen. Auf dem Tischchen befinden sich Teekanne, Täßchen, Zigarrettenschachtel und eine Pistole. Monsieur ist nachdenklich. Er sitzt und brütet ohne eine Bewegung zu machen. Er sieht zwar nicht hin, was die beiden anderen machen, die es sehr heimlich und lustig miteinander zu haben scheinen, er sieht nicht hin, sage ich, aber er scheint doch auf alles acht zu geben, was um ihn vorgeht. Madame bietet Charles lächelnd noch eine Zigarette. Sie wird lächelnd und dankend angenommen. Nun scheint sich das Lächeln beider innig zu küssen, wenigstens dauert es eine Weile und bleibt gegenseitig haften. Ob es der Greis merkt? Der Zuschauer muß das seltsam beängstigende Gefühl bekommen, daß es bemerkt wird. Nun treiben die Füße und Kniescheiben der Verliebten, nämlich Kniescheibe und Kniefüßchen von Madame sowohl als von Charles, dem Flegel, der zwar nicht gerade ganz so feine Füße hat, ein interessantes Spiel, das mit Augenaufleuchten und -schließen begleitet wird. Man hat das Gefühl, daß der Alte es nur zu wohl bemerkt. Plötzlich erhebt sich der Alte mit einer anscheinend ungreisenmäßigen Gelenkigkeit, nimmt die Pistole zur Hand, tut, als ob er mit ihr nur so spielte (er möchte doch auch spielen, da es sein

Gegenüber tut) und senkt dann die Waffe sanft wieder dem Tischchen zu, wo er sie wieder hinlegt, indem er krankhaft lächelt (also Lächeln allerseits). Die beiden, die erst jetzt bemerken, daß der Alte hinter ihrem Rücken steht, stehen ebenfalls auf, so unbefangen als nur möglich, indem sie halb leise zu plaudern und halb mit dem Greisen in eine Unterhaltung zu gelangen scheinen. Doch das scheint nur so. Daß dies nur so scheint, und daß dadurch die Spannung im Salon unangenehm gesteigert wird, muß durch gewisse steife Gebärden aller, die mitspielen, angedeutet werden. Plötzlich, wie von einer unbewußten Furcht gepackt, eilen die Liebenden, hell auflachend und gestikulierend ab, indem Madame ihren Jungen am Arm hinauszieht. Der Greis ist allein.

Nun setzt das Orchester ein. Es ist wie wehmütige Musik, die in ihrer Weise Anläufe zur Lustigkeit und zum Vergessen aufweist. Die Letzteren sind jedoch nur momentan, gleichsam aufflackernd und hinsterbend. Monsieur's Gesicht und Haltung ist die sprechende Begleitung zu der Musik. Seine Kopfbewegung deutet Seufzer an, wogegen seine feinen weißen Hände wie ein übermütiges Gelächter umhertanzen. Seine Füße bewegen sich leise hin und her. Diese Bewegung soll ihn bis zur Zigarettenschachtel hinführen, wo er sich eine anzündet. Er tut es zitternd und zwei-, dreimal. Er lächelt stolz und wehmütig dazu. Er deutet mit der schönen Hand auf seine weißen Haare, und in sein großes altes Gesicht und dann – auf sie selbst, die Hände. In dem Augenblick schweigt die Musik. Ihr letzter Takt ist ein groteskes Aufseufzen. Hier läuft der Alte tanzend und hüpfend gegen die Kulisse zu, unter welcher die Vorigen verschwinden, und droht heftig mit den Fäusten hinein, dann aufmerksam geworden, als sähe er seinen Gegner drinnen, wurzelt er fest auf dem Boden, um gleich darauf wie wahnsinnig umherzustreichen. Dieses Umherstreichen ist ein Tanz wie von einer Katze: Überaus geschmeidig und schön, geschwind und weich, wie das Fallen und Steigen von Wellen. Er tanzt und während er sich so ganz vergißt, schleichen zwei furchtsame Gestalten hinein, halb frech, halb scheu, und deuten höhnisch auf den Herumstreichenden, Herumfliegenden. Nun steht der Alte plötzlich still. Er horcht. Es ist, als horche er auf das bösartige Lauern hinter ihm. Er sperrt den Mund auf, wie es Horchende tun. Dann, wie von einer plötzlichen, unnatürlichen Müdigkeit ergriffen, legt er sich, einem schmeichelnden Tier gleich, auf den Divan, der in der Szene liegt, schüttelt den Kopf und schlummert ein. Man hört seine Atemzüge. Die beiden beugen sich unter frechen höhnischen Gebärden über ihn, sehen, daß er schläft und lachen lautlos auf. Dieses Gelächter wird eingetanzt. Es ist ein träger, wollüstiger frecher Tanz, jedoch nicht unanständig. Er drückt Entzücken aus und ist aus diesem Grunde nicht unartig, ja sogar recht wohlig und schön anzusehen. Es wird mehr mit Lippen, Augen und Nasennüstern getanzt als mit Füßen, Armen und Körpern. Das scheint wenigstens so. Es liegt Geilheit in ihrem Reigen, aber nicht solche, die nicht schön anzusehen wäre. Endlich, nachdem sie ermüdet scheinen, fallen sie sich in die breitgeöffneten Arme und küssen sich. Und küssen sich viele viele Male. Wenn man sie sich nun so entzückt lieben und streicheln sieht, muß man ihnen verzeihen, da das schön ist. Die Musik setzt ein: schüchtern, leise, leise. Es ist wie ein Versuch zum Einsetzen, nicht wie ein Einsetzen selbst. Unter überaus schlichten, lieben, liedartigen Klängen erwacht Monsieur. Der Alte reibt sich verwundert die Augen, sieht schlaftrunken umher, besinnt sich, erhebt sich, tut so, als ob er alle Schwachheit und Müdigkeit abschüttle und geht auf das Paar zu, welches ihn, nachdem es aufgehört hat, sich zu liebkosen, kalt und unfreundlich ansieht. Madame streckt mißmutig Monsieur ihre süße perlenbehangene Hand dar, die derselbe, indem er demütig vor ihr niederfällt, an seinen Mund drückt, lange so gepreßt hält und nicht müde wird, immer wieder innig an seine fiebernden Lippen zu ziehen. Madame ist ungehalten darüber. Charles sieht den Daliegenden verächtlich von oben an. Nun hebt ein merkwürdiges Schauspiel an: der Alte, die Haltung der beiden prüfend, steht langsam und vorsichtig auf, schleicht sich bis zu dem Tischchen, nimmt dort die Pistole zur Hand und zeigt sie unter einer einfachen und edlen Gebärde dem jungen Mann. Dieser lacht und zuckt die Achseln. Madame wendet sich, angeekelt von dem Auftritt, verächtlich lächelnd ab. Der Greis zeigt und präsentiert immer die Pistole. Charles spuckt darauf. Monsieur sieht traurig und mitleidig zu ihm auf: so als wollte er sagen: »Adieu, mein Freund! Jetzt bist du verloren! Armer Kerl!« Charles, unter dem Eindruck der Augen, die ihn so lebhaft bedauernd anschauen, verliert plötzlich die Fassung, zittert, taumelt, bittet durch Gebärden Madame um eine Zigarette, zündet sie an, wirft sie wieder fort und steht ratlos und kleinmütig da. Er sagt mit den Händen, daß er sich empfehlen möchte. Er dreht sich um, und sucht seinen Hut, oder sonst etwas. Es ist schrecklich, seine Verlegenheit mit anzusehen. Die Zuschauer empfinden das. Alle Augen werden jetzt auf das Benehmen des Alten gerichtet sein. Dieser legt sich, die Pistole in der Hand, einfach und ruhig auf den

Divan, zieht gemütlich die Beine hinauf, schaut immer ruhig seinen Gegner an, so liebreich, so besorglich, wie er seinen besten Freund nicht würde angesehen haben. Sein Auge sagt: »Wie ist dir, Lieber? Was könntest du etwa wünschen? Was müssen wir dir geben, das dir wohl tun kann?« Madame serviert Charles eine Tasse kalten Tee, den er gewünscht hat. Sie beobachtet scharf beide: den Alten, was er etwa tun könnte, und den Jungen: an was es ihm noch etwa fehlen möchte! – Jetzt zielt der Greis ruhig auf des Trinkenden Gesicht, drückt ab, ein Schuß, ein Rauch, ein Schrei (oder vielleicht besser kein Schrei). Charles stürzt zusammen, die Teetasse klirrend zu Boden stürzen lassend, er ist tot. Der Alte legt behutsam die Waffe zur Seite, so als suche er jedes auch nur winzige Geräusch zu vermeiden, steht dann auf und stellt sich seiner Frau gegenüber. Diese ist leichenblaß. Der Tote ist mäuschenstill wie ein Toter. Süßes Anklingen einer oder zweier Geigen. Pause: ein langes Anschauen mit großgeöffneten Augen.

Monsieur nimmt sich seine weißen Haare ab. Goldene leichte Locken werden sichtbar. Hierauf zieht er sich von seinem Gesicht ein Gesicht ab: das Gesicht des alten Mannes. Ein blühender Jünglingskopf ist nun sichtbar. Beides, den weißen Haarbüschel und die Greisenmaske wirft er ungeduldig doch nicht heftig zu Boden, der Frau zu Füßen. Schön steht er da, mit der leichten Haltung des Gebieters. Die Frau deutet auf den Toten: beide müssen lächeln. Sie wollen anfangen zu tanzen, entzückt zu tanzen. In dem Augenblick steht der Tote vom Boden auf und präsentiert sich lächelnd. Madame und Monsieur fahren erschreckt zurück. Der Tote jedoch geht traurig und langsam und sich tief vor ihnen verneigend hinaus. Recht wie ein ganz armer Teufel. Indem ihm die Erschrockenen nachsehen, die Arme wie abwehrend gegen ihn aufstreckend, fällt der Vorhang.

Etwas über die Eisenbahn

Hübsch ist es, in *Bahnhöfen* herumstehen und die Reisenden, die ankommen und fortgehen, gemütlich betrachten zu können. Wie mancher arme und ganz arme Teufel tut das gern, denn es ist ein Vergnügen, das nichts kostet. Es erfordert auch keine Formen und Regeln; man steht einfach da, die Hände womöglich in den Hosentaschen, eine Zigarette oder einen Zigarrenstumpen im Mund, beinahe ohne Anstand und ohne von irgend jemand sonderlich fixiert zu werden, und genießt dermaßen das lebhafteste und schönste Schauspiel der Welt, denn das ist ein Bahnhof. Geradezu reizend können ländliche Bahnhöfe sein mit den Gärten und kleinen Baumanlagen, die in der Regel neben solchen Gebäuden zu finden sind, aber in den Bahnhöfen von Residenzen und Hauptstädten ist eben mehr Leben, und die Beweglichkeit ist eben manchmal noch viel schöner als alle schöne, landschaftliche Ruhe. Für Stellenlose und alle die verschiedenen Sorten Tagdiebe, die das heutige industrielle, künstlerische und kommerzielle Leben und Treiben bisweilen aufs Pflaster setzt, sind Bahnhöfe und der Anblick von abfahrenden und ankommenden Zügen ein Ideal. Der Müßiggänger hat viel Zeit zur Verfügung, infolgedessen beobachtet er beinahe alles, er geht auf den glatten Perrons langsam, Schritte von edler Eleganz messend, auf und ab und hat seine Augen überall. Wie das wimmelt und durcheinanderläuft! Bei den Billetschaltern gibt es öfters wahre Volksversammlungen und gebieterisch heischende Volksaufläufe, als befände man sich mitten in einem leidenschaftlichen Revolutionsjahr. Jeder will eine Fahrkarte haben, so schnell wie möglich, aber das Geld hat er gewöhnlich vorher nicht abgezählt bereitgehalten, wie es doch von der sorglichen Bahnverwaltung vorgeschrieben ist. Der Müßiggänger hat's gut, er braucht nicht zu rennen und braucht nicht Angst zu haben, der Schnellzug fahre ihm bei der Nase vorbei. »Ich war im Begriff einzusteigen, da fährt mir wahrhaftigen Gottes der schwarze Teufel von Zug dicht am Hut vorüber.« Solches sagen Reisende mit Einsteige-Absichten, nicht aber er, der nur aufs fröhliche, stille Beobachten aus ist. Was ist das für ein Drängen, Schieben, Stoßen, Laufen und Getümmel! Ah, ein wichtiger Zug kommt an, man steht da und sieht zu, wie sie sich um den Hals fallen, wie sie Küsse links und rechts austeilen, wie die Hüte geschwenkt werden, wie die lieblichen Frauenköpfe erröten, wie Hände und Arme sich zum Empfang ausbreiten, wie Augen aufleuchten, wie Diener, die ihre Herrschaften erwarten, bei deren Anblick strammstehen, um Köfferchen, Pakete und alle möglichen dummen Sachen flink in Empfang zu nehmen.

Nach zwei oder drei Minuten ist dann gewöhnlich der Rummel vorbei, und der Müßiggänger nimmt anderswo Stellung. Auf Bahnhöfen ist immer und überall irgendwas los, das weiß er, deshalb hat er keine Angst, es möchte etwa sein, daß er sich langweile. Nicht die Spur. Er tritt in die Restauration dritter, vierter, sechster oder seinetwegen auch vierzehnter Klasse, dort ist immer Volk auf Bänken, Stühlen oder an Tischen verstreut. An den üblen Geruch, der in solchen Räumen stets herrscht, hat er sich bereits gewöhnt, nichts ist also imstande, ihm das Vergnügen zu schmälern oder aufzubrennen. Der Faden, womit er seine Lust und sein Schauspiel zusammengeheftet hat, hält fest, und er trinkt jetzt vielleicht ein Glas Bier und unterhält sich mit einem ehrlichen Handwerksburschen, der auf seinem Koffer Platz genommen hat, als fürchte er, es könne jemand des Weges daherkommen und ihm sein gesamtes Vermögen rauben. Von Zeit zu Zeit wagt es der Nichtstuer, in die Wartesäle erster und zweiter Klasse zu gehen, um der Gediegenheit und der Vornehmheit, die es sich hier gräflich bequem macht, einen wenn auch kurzen, so doch in die Augen springenden Besuch abzustatten. Manchmal wird er gejagt von einem strengen Beamten in Bahnuniform, aber das schadet ihm nichts, hat er doch mit seinen Augen wieder einmal etwas Schönes gesehen! Ist er gutgekleidet, so setzt er sich hier inmitten des Hochadels und der Bankfachmannschaft heimlich nieder und bestellt einen Cognac, den er mit Verstand und nachdenklicher Würde austrinkt, indem er mit der hübschen Kellnerin in Oberländertracht ein Gespräch beginnt. »Schnellzug nach Mailand, Abfahrt in vier Minuten«, ruft ein allem Anschein nach höflicher Angestellter aus; unser Mann erhebt sich, bezahlt, was er schuldig ist und spaziert gemächlich hinaus, um das Abfahren nach Mailand mitanzusehen. Was für schöne Toiletten, was für Kostüme! Viele Damen, die in den Zug einsteigen, tragen weiße Schleier an ihren Hüten, und ihre Kavaliere sind ihnen mit mehr oder weniger Geschick beim Einsteigen behilflich. Der Zug dampft ab, ein paar Taschentücher werden wie Fahnen geschwenkt, der Tagedieb reist in Gedanken mit, d. h. er sitzt in seiner Einbildung in einem Kupee, das leer ist, und liest Zeitungen.

Aber weg jetzt einstweilen mit diesem müßiggehenden Beobachter, dessen Erfahrungen schließlich denn doch nur ganz einseitige sind. Man sitzt auf einmal in Wirklichkeit in einem der vielen *Züge*, ist wirklicher, nicht nur eingebildeter Reisender und erlebt tagelange und nächtelange Fahrten. Die Landschaften fliegen wie bewegliche Dekorationen im Theater, wie mit der Drehbühne umgedreht, am Wagenfenster vorüber. Hat man recht angenehme Gesellschaft, so plaudert man, wenn nicht, so ärgert man sich ein bißchen und raucht einer allzu empfindlichen Mitreisenden zum Trotz eine recht kräftig qualmende Zigarre. Oder man hat ein Buch und will vielleicht darin lesen, aber es will nicht recht gehen, bis es schließlich doch geht. Immer frische Bilder zeigt der rechteckige Fensterausschnitt. Man sieht Rebberge langsam umfallen, Häuser versinken, Bäume plötzlich aus der Erde emporwachsen. Wolken und Wiesen wechseln freundlich und bedeutend miteinander ab. »Können Sie mir vielleicht etwas Feuer von Ihrem Feuer da geben?« wird man angerempelt, aber man läßt sich, weil man Lebensart besitzt, gerne anrempeln und sagt: »Recht gern!« und gibt von der überflüssigen Glut mit Vergnügen ab. Wie das fliegt, rüttelt und raschelt. Ganze Städte und Dorfschaften werden links und rechts, als ob es leblose Bilder wären, liegengelassen, und doch atmen dort Menschen, wiehern Pferde, hämmert ein Schlosser, treibt eine Fabrik ihr Rad, brüllt ein Stier, weint ein Kind, ist ein Mensch in bitterer Verzweiflung, freut sich im Verborgenen ein Liebespaar, gehen Jungens zur Schule, wird zu Hause zu Mittag gekocht, liegen ein paar arme Kranke oder schlagen sich zwei in elendem Streite. Aber die Eisenbahn fliegt ihre genau vorgeschriebene und vorher geplante Richtung und läßt alles übrige Treiben und Leben – Leben und Treiben sein. Auf den sauberen Stationen steigen Menschen aus und ein, die aussteigen, werden von Mutter, Vater, Bruder, Sohn oder Tochter oder von Bekannten meist in Empfang genommen, die einsteigen, sagen hübsch »Guten Tag!« oder »Guten Abend!«, je nachdem etwa der Zeiger vorgerückt ist. Und weiter geht es, über Ebenen, neben dichten Tannenwäldern vorbei und vorüber an schmucken, kleinen, gärtchenumsäumten Bahnwärterhäuschen, an einem Holzhauer vorüber, am Ufer eines hellglänzenden Sees. Was das für ein See sei, wird im Wagen gefragt. Weiter. Viele sitzen still auf ihren Plätzen und haben sich einem melancholischen Denken und Erinnern überlassen, einige lachen und scherzen, die meisten essen jetzt etwas, was sie aus Papierhüllen und Schachteln hervorgeholt haben, und der eine oder der andere treibt die Eisenbahnwagenfreundlichkeit so weit, dem Nachbarn ein Stück Essen mit der denkbar ruhigsten Miene von der Welt anzubieten. Danke! Aber man will nicht einmal einen Dank hören. Das Reisen stimmt eben gemütlich. Im Winter, wie wundervoll ist da nicht das Eisenbahnfahren! Überall Schnee, verschneite Dächer, Dörfer, Menschen, Felder und Wälder; an Regentagen: überall Nässe, Nebel und schwärzlich-verschleierte Aussichten; im sonnigen Frühling: überall Blau, Grün, Gelb und weiße Blüten. Die Wiesen sind gelb und grün, durch den Buchenwald schimmert die süße Sonne, hoch oben am blauen Himmel schweben die lustigsten, weißesten Wolken, und in den Gärten und Feldern ist solch ein Blühen, Summen und Prangen, daß man auf jeder Station gleich aussteigen und sich in all diese Wärme, Farbe und Schönheit verlieren möchte. Und im Herbst, und mitten in der sommerlichen, trägen, schwülen Hochsaison, und wieder im frostigen, klaren Winter – nein, man will da nicht den Übermut besitzen und so etwas in die Kürze eines Zeitungsartikels hineinstemmen.

Wo heute Natur ist, sind auch Eisenbahnen. Es gibt bald keinen Koloß von Berg mehr, den man nicht bereits angefangen hat, für den Verkehr und die Zivilisation und für den Genuß zu durchstechen. Drahtseilbahnen gibt's die liebe Menge, und das alles ist gut, denn es setzt Hände und Geister in wohltuende Bewegung. Freilich kann das vergnügliche und geschäftliche Reisen mit der Eisenbahn, wie wieder die letztgeschehenen Unfälle lehren, lebensgefährlich werden; Brücken können einstürzen, Schienen sich plötzlich zornig aufbäumen und den Zug umschleudern, zwei Züge können durch Versehen vielleicht eines einzigen verantwortlichen Beamten mitten in einem Wald, wo auf weiter Strecke keine Menschenansiedelungen zu finden sind, aneinanderprallen, welche fürchterlichen Dinge! Oder es kann in einem fliegenden Zug plötzlich Feuer ausbrechen, oder der Zug kann, wie zum Beispiel im heiligen Rußland, von Räubern überfallen werden. Das sind Dinge, die, wir mir scheint, ein ernstes, bleichgefärbtes Gesicht haben, aber so etwas kommt doch wenigstens nur sehr selten vor. Die Menschheit kann eben wegen einiger Gefahren einen *Vorteil* nicht aufgeben, und der Dampfwagen mit den daran angehängten Wagen stellt einen unübersehbaren Vorteil dar. Wie manchen Menschen hat schon das ruhige Reisen in einem stillen Kupee von Qualen, Sorgen und Nörgeleien befreit, indem er die Eisenbahn dazu benutzt hat, auf langen, vielleicht nächtlichen Fahrten mit seinen drängenden Plänen und Gedanken einigermaßen zurechtzukommen. Hier schweigen die Dummheiten und Kleinlichkeiten des auf seinem Platz stolz triumphierenden Alltags. Man kann sich ausruhen auf heutigen Reisen. Man kann aber auch leicht die zartesten *Abenteuer* erleben, am ehesten in Schnellzügen, wie, das muß eben jeder selber irgend einmal erfahren haben. Ich schließe und freue mich auf die mir zunächst bevorstehende Eisenbahnfahrt. Offen gestanden, ich reise wenig, deshalb denke ich mit einer Art Sehnsucht daran.

Der Schriftsteller

Der Schriftsteller schreibt über das, was er empfindet, hört, sieht oder über das, was ihm einfällt. Er hat in der Regel viele kleinliche Gedanken, die er gar nicht verwenden kann, was ihn oft zur Verzweiflung bringt. Andererseits besäße er manchmal viel Verwendbares im Kopfe, aber es kommt vor, daß er seine eigenen Kapitalien jahrelang unbenutzt läßt, weil er sie nicht findet oder weil er keinen gutgesinnten Menschen in seiner Nähe hat, der ihn uneigennützigerweise auf die verborgenen Reichtümer aufmerksam macht.

Eines Tages kann es angesehenen Zeitungsmännern einfallen, solch einen Schriftsteller aufzufordern, ihnen gelegentlich einmal eine Probe seiner Kunst einzusenden. In einem solchen Falle ist der Schriftsteller über alle Maßen hinaus glücklich, er hat auch genügend Ursache zu einem freudigen Gesichtsausdruck, und er schickt sich sogleich an, die Wünsche, die an seine Pforten geklopft haben, möglichst genau zu erfüllen. Zu diesem Behufe greift er sich in erster Linie an die Stirn, faßt sich bei den Haaren, deren er ja meist einen ganzen Waldhügel voll besitzt, streift seine Nase mit seinem Zeigefinger, krallt sich vielleicht auch ein bißchen, beißt sich auf die Lippen, macht eine energische und zugleich scheinbar kalte und gleichgültige Miene, putzt die Feder, setzt sich ordentlich auf den Stuhl an den altertümlichen Schreibtisch, seufzt und fängt an zu schreiben.

Das Leben eines ordentlichen Schriftstellers hat immer seine zwei Seiten, eine Schattenseite und eine Lichtseite, zwei Plätze, einen Sitzplatz und einen Stehplatz, zwei Klassen, eine erste, aber auch eine öde vierte. Der scheinbar fidele und elegante Schriftstellerberuf kann sehr hart, mitunter sehr langweilig, oft aber auch sogar gefahrvoll sein. Hunger und Kälte, Durst und Dürftigkeit, Nässe und Trockenheit sind im abwechselungsvollen Leben eines »Helden der Feder« in allen geschichtlichen und kulturellen Epochen bekannte Erscheinungen gewesen, und sie werden es wahrscheinlich auch in Zukunft bleiben. Aber ebenso bekannt ist es, daß Schriftsteller sich Vermögen erworben, schloßartige Villen in Seegegenden erbaut und bis an ihr Lebensende in lauter guter Laune gelebt haben.

Der Schriftsteller, wie er sein soll, ist ein Auflauerer, ein Jäger, ein Pürscher, ein Sucher und Finder, also eine Art Lederstrumpf, der beständig auf Jagden lebt. Er lauert den Ereignissen auf, jagt den Sonderbarkeiten der Welt nach, sucht Außerordentliches und Wahrhaftiges und stutzt die Ohren, wenn er Töne zu hören glaubt, die ihm das Herannahen nicht gerade von galoppierenden Indianerpferden, aber von neuen Eindrücken verkünden. Er ist immer auf dem Sprung, immer zur Überrumpelung bereit. Kommt so eine unschuldige, ahnungslose Schönheit, womöglich ländlich angezogen, daherspaziert, so stürzt der Schriftsteller aus seinem Versteck hervor und bohrt der einsam lustwandelnden Dame seine mit dem schrecklichen Gift der Beobachtungsgabe vollgetränkte, spitzige Schreibfeder ins Herz.

Er versteht aber in der Regel auch das Häßliche und Abschreckende und scheut sogar vor der beschreibenden und dichtenden Vergewaltigung des rein Kindlichen nicht zurück, wofür er ja im Grunde, heute bekanntlich mehr denn je, Zuchthausstrafe verdiente. In alles hinein hat er schon zu irgendeiner Zeit und bei irgendwelcher Gelegenheit seine begierige Nase gesteckt, und er hört nicht auf mit Schnüffeln. Darin, eben gerade darin, meint man allgemein, bestehe die vornehmste Aufgabe eines fleißigen und gewissenhaften Schriftstellers. Stets hält er die Fensterflügel seiner Nase offen, er ist ein Witterer, Duftler und Riecher, und er hält es für seine Pflicht, das Aufnahmevermögen seiner Spürnase bis zur zugespitztesten Vollkommenheit auszubilden.

Ein Schriftsteller weiß nicht alles, nur die Götter allein wissen bekanntlich alles, aber er weiß von allem etwas, und er ahnt Dinge, über die seine Majestät der Kaiser selber sogar hinwegsieht. Er hat Wegweiser im Kopf mit auf diese Erde bekommen, und diese deuten ihm immer die Richtung an, wo einer in Gedanken hinlaufen muß, wenn er das Ahnungsvolle und das beinah schon Unfaßbare schauen soll. Er beschäftigt sich mit allem, was es auf der Welt Wissenswertes und Erlernenswürdiges gibt, und er ist der stets lebhaftesten Überzeugung, daß ihm und anderen das nutzt. Wenn er innerlich eine auch nur fadendünne Bereicherung erfahren hat, so glaubt er sich verpflichtet, diese Zunahme, dieses Plus aufs Papier zu schütten, und zwar sogleich; er wartet keine drei Stunden damit. Ich finde das schön an ihm. Es zeigt, daß er ein aufrichtig nach dem Guten strebender Mensch ist, dem es unbillig erscheint, Erfahrungen in sich aufzustapeln, ohne das Kleinste davon an die atmende Mitwelt abzugeben. Er ist demnach das Gegenteil von einem zusammenraffenden Geizhals.

Welcher Mensch in diesem Jahrhundert der Genußsucht und Karrieremacherei fühlt sich als Diener der Menschheit, als einen willigen Freund der Armen, wenn nicht der Schriftsteller? Er hat Ursache dazu, denn er fühlt, daß es von dem Moment an, wo er lediglich Geschäfte für seine eigene Person machen würde, mit seiner Lust am lebendigen Schaffen vorbei wäre. Es zwingt ihn ein geheimnisvolles Etwas, das beständig um ihn herum ist, zur Selbstlosigkeit. Er opfert, denn was hat er vom Leben? Wenn andere lachen, daß ihnen die hellen, schönen Tränen in die Augen treten, so steht er im bescheidenen Halbdunkel, von der Aufgabe erfüllt, die ihm zuflüstert: Studiere diese Munterkeit, präge dir die Töne dieser Freude fest ein, damit du sie, wenn du nach Hause kommst, beschreiben und in Worten malen kannst!

Der Schriftsteller ist im Leben oft eine sogenannte lächerliche Person, jedenfalls ist er immer ein Schatten, er ist immer daneben, wo andere das unaussprechliche Vergnügen haben dürfen, mitten drin zu sein, er spielt nur mit der emsigen Feder in der Hand, also ganz im Verborgenen eine Rolle. So ungefähr sieht die Schule aus, in der er unter allerhand kränkenden Zurücksetzungen und Vorenthaltungen Bescheidenheit gelernt hat. Im Verkehr mit Frauen zum Beispiel – wie sieht sich da der ernstlich strebende und von der Sache, in deren Dienst er steht, ergriffene Schriftsteller zur Vorsicht genötigt, daß es oft ganz beschämend für seinen Ruf als Menschen und Mann wird.

Jetzt fange ich an, einzusehen, weshalb man sich nicht scheut, den Schriftsteller einen »Helden der Feder« zu nennen; diese Bezeichnung ist trivial, aber wahr. Er erlebt alles in seinen Empfindungen, er ist Karrenschieber, Wirt, Raufbold, Sänger, Schuster, Salondame, Bettler, General, Banklehrling, Tänzerin, Mutter, Kind, Vater, Betrüger, Erschaffener, Geliebte. Er ist der Mondschein, und er ist das Brunnengeplätscher, der Regen, die Hitze in den Straßen, der Strand, das Segelschiff. Er ist der Hungernde und der Sattgegessene, der Prahler und der Prediger, der Wind und das Geld. Er fällt mit dem Goldstück auf den Zahltisch, wenn er schreibt: und sie (eine polnische Gräfin) zählt das Geld auf. Er ist das Erröten auf der Wange der Frau, die merkt, daß sie liebt, er ist der Haß eines kleinlichen Hassers, kurz, er ist alles und muß alles sein. Für ihn gibt es nur eine Religion, nur ein Gefühl, nur eine Weltanschauung: in die Anschauung, in das Gefühl, in die Religion anderer, womöglich aller, liebend aufpassend unterzuschlüpfen. Er ist mit sich jedesmal fertig, wenn er das erste Wort schreibt, und wenn er den ersten Satz geformt hat, kennt er sich nicht mehr. Ich meine, das alles darf ihn empfehlen ...

Vom Zeitungslesen

Zeitungen sind wie ein großer, zusammengedrängter, üppiger Schwarm von Vögeln, der täglich ein- bis zweimal sich um die Welt verbreitet. Diese Vögel zwitschern in allen zivilisierten Sprachen und fliegen in die verstecktesten und entlegensten Gegenden, in die Ebenen, in die engen, hohen Täler, auf die Berge, wo irgend noch Menschen wohnen, in die Dörfer und Städte, fast in jedes Haus hinein. Ihr Gefieder ist weiß, mit unzähligen schwarzen Punkten besetzt, aber diese Punkte leben, bewegen sich, werden zu Taten und Geschehnissen, sobald man sie näher und aufmerksamer betrachtet. Ja, das ist wohl wahr, man muß Zeitungen aufmerksam lesen, sonst überfliegt man das Interessanteste, ohne es kennen gelernt zu haben. Wie viel wahre Bildung kann nicht ein einziges Zeitungsblatt enthalten, was für eine Stimme spricht es, wie viele Aussichten kann es öffnen. Es kommt vor, daß einem eines schönen Tages solch ein verlorenes Blatt durch irgendeinen Zufall in die Hände gerät, man entfaltet es und liest es und ist erstaunt über die Fülle des Wissenswerten, die hier unbeachtet und bereits von den Tagen und Wochen verschlungen am Boden im Winkel gelegen hat. Wie oft wirft man die knisternden Blätter halb ausgelesen, ja kaum recht angelesen, zur Seite, in der Meinung, nichts in ihnen für Geist und Gefühl antreffen zu können, und doch schlummern die schönsten und tiefsten Dinge darin. Aber das ist ja heutzutage das Wundervolle: Jeder neue Tag und Abend wirft uns neue Nachrichten entgegen, neue Äußerungen, neue Bildungen. Was uns heute entgangen ist, wir hoffen, es morgen in einer frischen, teilweise ähnlichen Gestalt wiederzusehen, und in der Tat, Gedanken, Dinge und

Taten sind einander durch Jahrhunderte, wie viel mehr durch Wochen ähnlich. Aber soll dieses frohe Bewußtsein uns zur Unaufmerksamkeit oder Flatterhaftigkeit verführen?

Wie innig und aufmerksam wird in Dörfern gelesen! Die Zeitung ist dort neben der Bibel die beinahe ausschließliche Bildungs- und Unterhaltungsquelle, sie wird geradezu buchstabiert, namentlich von alten Leuten. Überhaupt versenkt sich das Alter tiefer ins Lesen als die schnellfertige und hastige Jugend. Da sitzt so eine alte Frau, die Brille vor den kaum noch sehenden Augen, am gardinengeschmückten Fenster und liest und kann ganze Stunden und ganze halbe Tage mit Lesen verbringen. Die ganze Lebenserinnerung und die ganze, lange Lebenserfahrung solch einer Frau helfen mit, die Buchstaben und Sätze zu entziffern und sind der Leserin gedankenvoll in die aufmerksamen Augen gesunken. Ja, alte Leute verstehen schön zu lesen. Draußen in der Straße brüllt und stampft das unaufhörliche Leben, die Sonne scheint vielleicht ein bißchen an die Scheibe, in die Gardine hinein, hinter der die alte Frau sitzt mit dem Blatt in der zitternden Hand. An so etwas zu denken tröstet, denn es muß für das junge, bisweilen an sich selber verzweifelnde Leben ein Trost sein, zu wissen, wie irgendwo ganz in der Stille und Zurückgezogenheit ein paar alte liebe Augen, ein altes Herz, eine vom langen Leben gefurchte Stirn noch lebendigen Anteil nehmen am Täglich-Lebendigen. Es muß die Jugend tatenfroh machen, wenn sie bedenkt, daß der Bericht der Taten vom Alter so begierig und fleißig verfolgt wird.

Ich habe eine Frau gekannt, eine Näherin. Ich wohnte bei ihr in einem sogenannten möblierten Zimmer. Die einzige Tochter dieser Frau war lebendig begraben worden, das heißt sie befand sich im Irrenhaus. Die Frau hatte zwei gute Freunde: die Not und die Zeitung. Ohne den Trost dieser Freundschaften wäre sie vielleicht vor Elend gestorben. Die Not befahl ihr streng, zu arbeiten, während die Zeitung über ihre Mußestunden ein bißchen Vergessen breitete. Das Interesse für die täglichen Geschehnisse war in der Frau so lebhaft, daß ich mich nicht genug wundern konnte, nach und nach aber verstand ich es, und nun schämte ich mich, denn ich war damals ebenso jung und rüstig an Gliedern wie apathisch den Vorkommnissen des Lebens gegenüber. Ich erinnere mich deutlich, wie sehr ich meine Wirtin um ihre Munterkeit beneidet habe, die doch nichts anderes war als das Ergebnis von ein wenig Zwang und Zucht zur Aufmerksamkeit. Sie empfand, daß die Aufmerksamkeit sie tröstete, sie zwang sich und gewann viel damit.

Für Stellenlose sind Zeitungen ein Juwel, ein reines Labsal. Für den arbeitenden Menschen sind sie ein leichter, mit Schimmer umwobener, natürlicher Feierabendgenuß. Für den Kranken, der im Bett liegen muß, bedeuten sie die geheime Hoffnung auf Genesung, für den Unglücklichen Trost und Ablenkung von den Gegenständen der stechenden Seelenqual. Für die Jugend sind sie ein täglich erneuter Antrieb zur Erfüllung von Pflichten. Dem tüchtigen Menschen und Mann bestätigen sie den Ruhm, den er sich durch Leistungen vielleicht außerordentlicher Art verdient hat. Der Reiche wird von ihnen zur Mildtätigkeit gereizt, und der Arme darf, wenn er Zeitungen liest, hoffen, es werde hie und da wohl auch noch freigebige Herzen geben. Für den weitblickenden und weitstrebenden Kaufmann ist die Lektüre der Blätter unentbehrlich, ebenso für den sorgenvollen Politiker. Der Künstler endlich findet zwischen den engen Spalten die Kritik seines jüngsten Werkes. Für alle ist in der Zeitung ein Schein und ein Abglanz von allem vorhanden. Die vielen hundert speziellen Interessen zusammengezogen ergeben schließlich ein einziges Bedürfnis, dem ein einziges allgemeines Entgegenkommen gegenübersteht.

Manche Menschen, besonders in Hauptstädten, wo der Verkehr ein rascher und die Ruhepausen kleinere sind, lesen nicht nur sitzend, sondern sogar stehend und gehend. Zur Zigarette oder Zigarre liest es sich ausgezeichnet, verbunden mit einem Schluck Kaffee. Auf Reisen, in Hotels, im Eisenbahnwagen, im Wartezimmer des Arztes, in Wohnungen, am Familientisch, im Sommer in öffentlichen Parkanlagen auf Bänken, im schaukelnden Boot mitten auf dem Wasser eines vielleicht von der Morgensonne beschienenen Sees, in Lesehallen, da selbstverständlich, am schattigen Waldesrand einer anmutigen Sommerfrischegegend, auf der »Elektrischen«, überall, wo irgend Menschen sich aufhalten können, wird gelesen.

Die Regelmäßigkeit, mit der die Presse arbeitet, ist eine so kunstvoll ineinandergeschobene, daß man wohl sagen kann, sie stelle ein Bild lebendigen Fleißes dar. Aber zu Zeiten der Unruhe und des allgemeinen Sturmes, also z. B. in Revolutionsjahren, was gewinnt da das Zeitungsblatt wiederum für eine Bedeutung? Und in Kriegsjahren? Auch die gelassensten und sonst wenigst neugierigen Menschen greifen dann eifrig nach den Blättern. Es gibt Ereignisse, für die sich alle so ziemlich gleichmäßig interessieren, und zu Zeiten, wo solche Ereignisse durch die Journale gehen, sieht man so recht, wie begierig wir alle sind, wie durstig nach Aufreizungen, und wie nötig es ist, diesen Durst zu befriedigen, um der Welt Ruhe zu verschaffen. Die Zeitung sei eine »Macht«, sagt man. Nun, das ist sie auch und eine sehr streitbare und gutbewehrte.

Weihnachten

In einer Armutsstube liegt eine Frau, angezogen, wie sie vor vielleicht zwei Tagen noch über die Straße gegangen ist, im schmalen Bett, eine Binde vor dem Auge. Sie ist Tagelöhnerin, sie hat geputzt beim Dorfschlächter, da hat ihr ein feiner, scharfer Knochensplitter unter irgendwelchen bejammernswerten Umständen in das Auge dringen müssen. Da liegt sie jetzt, ohnmächtig vor Schmerz und Reue, nicht ein wenig vorsichtiger gewesen zu sein. In der Stirn brennt's fürchterlich. Bald wird Weihnachten sein. Was für Weihnachten? Der Sturm knirscht um das Haus, vielmehr um die Hütte herum, ein wenig Schnee fliegt, Brocken, vereinzelt, zwei, drei, fünf Flocken, zum Zählen, ein Zeichen grimmiger, anhaltender Kälte, denn wenn es in weichen Massen schneit, ist's immer mehr oder weniger warm.

An den Wänden der elendiglich ausstaffierten Stube hängen Heiligenbilder, billige Öldruckwaren, irgendwann und -wo dem Hausierer für ein paar Pfennig abgekauft. Die Frau schaut die Bilder an, ohne Vernunft; sie würde alles in der Welt jetzt so anschauen. Ihr Mund ist ganz zerrissen vom vielen Weinen. Zwei Tage und Nächte lang liegt sie so, niemand kommt zu ihr, niemand besucht sie. In der Stube ist es kalt, und es duftet so übel, die Frau hat nicht lüften können. Wenn eine Menschenstube nicht gelüftet ist und doch kalt ist, so geht das nicht lange, und in der Stube herrscht doppelte Kälte. Die Frau ist beim Arzt gewesen in der Stadt, der aber hat nichts finden können im Auge. Es läßt sich ja leicht denken, wie so ein Durchschnittsarzt solch eine arme Frau behandelt, nicht grob etwa, nicht geradezu herzlos, o nein, durchaus nicht, und doch grob und herzlos. Der Mann dieser Frau sitzt im Zuchthaus. Er ist früher Bahnarbeiter gewesen. Ein Junge von fünf Jahren kauert am Boden und spielt mit sich selbst, er friert, aber er kennt die Bedeutung des Frostes, der Kälte und des Jammers noch nicht. »Gibt's Milch?« fragt er.

Wegen irgendeines formellen Versäumnisses hat die Frau von der Unfallversicherung nichts zu fordern. Der Kastellan vom gräflichen Schloß hat es ihr sagen lassen. Also ist vielleicht vom Seelenschmerz, den sie empfindet, eine kleine Unterstützung zu erwarten? Nicht? Nun, so kommt vielleicht eine Dame in die Hütte der Not und will etwas aufs Bett legen? Auch nicht? Nun, so muß eben die arme Frau Geduld haben. Sie denkt zum abertausendsten Male: »Wäre ich doch nur gesund! Welch eine Festesfreude!« Oft will sie Gott anschreien, nicht aus Zorn, nur so aus falscher Tonart. Sie will flehen, aber da preßt ihr der Schmerz einen Wutschrei zum Mund heraus.

Sind das Weihnachten? Wenn einem nur ein Stäubchen ins Auge fliegen will, so klemmt man aus Angst für das Zarte und Leichtverletzbare rasch die Deckel zu. Schon der Gedanke an die Verletzung schmerzt, brennt und schneidet, hier aber wütet es und brüllt es innerhalb der Augenhöhlen. Die Qual ist ein herrisches Wesen für sich geworden, die ganze Stube, das ganze Dasein ist in rote Flammen getaucht. Geduld ist da schwer. Das Gehirn ist der Sitz der Geduld. Mit dem Kopf ist man geduldig, mit den Gedanken. Hier aber brennen ja die Gedanken, und das Gehirn dreht sich der Frau wie ein feurig zischendes Rad um.

Wie gern möchte sie arbeiten, sich abschinden, um halben Lohn! Mit Freuden will sie sich schlagen, peinigen, auslachen, verhöhnen und entkräften lassen. So daliegen müssen, in Kleidern, in einem feuchten, unordentlichen Bett, eine Träge und Untaugliche. Tauglich sein! Dieser Wunsch zündet schöner als alle Weihnachtskerzen der neuen und alten Welt. Von den schmutzigen Qualen aufstehen dürfen an die Geordnetheit und Reinlichkeit täglicher Arbeit. Dieser Gedanke küßt berauschender als die Küsse Romeos und Julias.

»Warum kommt niemand zu mir?« schreit die Frau. Da klopft es an die Tür, herein tritt ein junger Mann, kein Erlöser, kein Christus, aber doch wenigstens ein Mensch. Er tritt an das Bett heran, sagt etwas zu der Frau. Die bloße menschliche Sprache macht sie laut weinen. Er sieht das dunkelrot angeschwollene Gesicht, er schenkt ein Geldstück. »Was soll mir das helfen?« Die Frau ergreift die Hände des jungen Menschen und preßt sie sich gegen die Augen, dann geht der Mann wieder.

Junge Glieder! Die Welt ist so weit, so durchsichtig weit, so klar: Ein herrschaftliches Fuhrwerk sprengt durch die Dorfgasse, Enten und Gänse watscheln am Teich. In der Dorfpost schickt einer Geld ab. Die Goldstücke klingeln am Schalter. Oben im Schloß werden Weihnachten vorbereitet. Vor dem Stationsgebäude hält der Zug. Ein paar Menschen steigen aus, ein paar ein, der Zug fährt weiter.

Feuer

Auch in einer Großstadt sind zu einer gewissen, vorgerückten Nachtstunde die Straßen verhältnismäßig still. Was man hört und sieht, sind Gesichte und Geräusche, an die sich sowohl unser Auge als unser Ohr längst gewöhnt haben. Gewohnte Geräusche sind keine. Die Menschen sitzen zu Hause, rund um den gemütlichen Familientisch herum, oder in der Kneipe, beim Bier und politischen Gespräch, oder im Konzertsaal, den vorgetragenen Musikstücken andächtig lauschend, oder im Theater, die spannenden Vorgänge der hellbeleuchteten Bühne verfolgend, oder sie stehen zu zweit, zu dritt oder zu siebent an einer melancholischen Straßenecke, tiefsinnige Dinge erörternd, oder man geht nach irgendeiner Richtung vielleicht planlos dahin. »Heda, Auto!« ruft ein anderer, einen Dichter mag es irgendwo vergraben in seinem einsamen Zimmer geben, Betrunkene, die in glückseliger Unglückseligkeit von Destille zu Destille grölend und Passanten ärgernd wandern, ein Droschkenpferd mag irgendwo umfallen, eine Frau ohnmächtig werden, ein Schelm von der allezeit vorgreifenden und sicherheitwiederherstellenden Polizei gepackt werden – plötzlich heißt es: *Feuer*! Ganz in der Nähe, wie es scheint, brennt es. Man hat unschlüssig und gelangweilt dagestanden, man wollte eben die Stunde anklagen um ihrer Inhaltlosigkeit willen, man hat zu frieren angefangen, und nun plötzlich steht da vor einem etwas ganz Neues, Unerwartetes, Zündendes. Man stürzt einen Schritt vor, man hat, ehe man es nur recht gewußt hat, mit dem nächstbesten Nebenmenschen zu sprechen begonnen, man ist warm geworden, und nun springt und rennt man sogar. Und damit tut man etwas, was man vielleicht schon zwei Jahre lang nicht mehr geübt hat.

Die Welt scheint mit einem Mal verändert, vergrößert, verdickt, versinnlicht.

Eine Großstadt ist ein Riesenspinnennetz von Plätzen, Gassen, Brücken, Häusern, Gärten und breiten, langen Straßen. Brennt es da irgendwo, so weiß nur die nähere Nachbarschaft des Brandplatzes etwas vom ausgebrochenen Feuer. Ja, es kann in solch einer Weltstadt in ein und derselben Nacht drei, vier oder gar fünf große Feuerbrandstellen geben, weit auseinanderliegend, jede einzelne Brandstätte für sich ein Unglück, »ein Ereignis« darstellend, ohne daß das erste das zweite auch nur im geringsten berührt: fünf spannende Kapitel eines Romans, jedes abgeschlossen, keines das andere verbindend. Eine Großstadt ist ein welliges, den eigenen Bewohnern zum größten Teil selber noch unbekanntes Meer, ein undurchdringlicher Wald, ein üppiger, wildverwachsener, großer, vergessener oder halb vergessener Park, ein Ding, das zu weit ausgebaut ist, als daß es sich selbst über sich je genügend orientieren könnte. Jetzt aber springen schon Dutzende von Menschen eilig nach der Feuerstelle. Man weiß jetzt ungefähr, wo es brennt.

Und jetzt geht es um eine Straßenecke, und schon ist das Feuer da, es scheint, als wolle es einem entgegenspringen; eine ganze Straße ist hell und grell beleuchtet, es gleicht einem tief-südlichen Sonnenuntergang, es scheinen zehn Abende auszuleuchten, viele Sonnen auf einmal unterzugehen. Häuserfassaden gibt es da, die wie hellgelbes Papier aussehen, und rot tritt einem der Feuerschein entgegen, dick- und glühend- und wundrot, dagegen die Straßenlaternen wie mattbrennende, mit Wasser befeuchtete Zündhölzer ausschauen. Und Rufe ertönen. Man glaubt überall Hornrufe schallen zu hören, aber man irrt sich, es ist alles verhältnismäßig ruhig, man läuft nur, und neben, vor, hinter einem wird ebenfalls getrabt, und Droschken fahren, auch die Elektrische. Es ist bei dem allen etwas Gewöhnliches und zugleich Unbegreifliches. Plötzlich steht alles still wie vor einem Märchen. Was man jetzt sieht, gleicht dem Bombeneffekt eines rührigen Theaterregisseurs.

Ein dichter, scheinbar unaufhörlicher Sprühregen von kleinen, leichten Glutstücken fliegt aus der dunklen Luft in die menschenerfüllte Straße hinunter und besät den Erdboden mit glühendem Schnee. In diesem Moment rollt der Stadtbahnzug vorüber; auch er wird von diesem sonderbaren Schnee über und über bedeckt. Menschen stehen da, die unvorsichtigerweise in die rotbetupfte Höhe schauen, ohne zu bedenken, daß ihnen ein glühender, siedend heißer Schneeflocken ins Auge fallen kann. Einem Herrn, der mit der Elektrischen vorbeifährt, wird der Mantel angebrannt. Diese kleine Feuersbrunst ist indessen ohne weiteren Schaden abgelaufen. Noch immer regnet es in dieser niegekannten und niegesehenen Weise. Man schätzt sich unwillkürlich ganz glücklich, im Gemüt noch ein wenig Glauben zu haben, um an ein Wunder aus Tausend und eine Nacht glauben zu können. Und wirklich: Wir fühlen uns auf einmal ins Morgenland und in arabische Nächte versetzt, da wir jetzt gerade vor uns einen rötlich schimmernden Feenpalast erblicken. Es ist vielleicht ein Haus, dessen Architektur so oft schon gerügt worden ist. In diesem Moment aber weiß man nicht, was mehr zu bewundern ist, die Holdheit der venezianischen Beleuchtung, oder die unübertroffen schöne Architektur. Der Feuerschein ist ein gediegener Baumeister.

Man wird hin und her geschoben, halb gehoben, getragen, geschaukelt. Eine unübersehbare Menschenmenge steht rings um die tönende, zischende, flatternde

Brandkatastrophe. Wird es Menschenleben kosten? fragt man sich. Man findet das Gewimmel bald so vertraut wie eine Duzfreundschaft mit einem lieben, schätzenswerten Menschen. Hin und wieder wehen heiße Brandwinde über die Gesichter, neue Funkenschneegestöber erheben sich, ein prachtvoller Anblick. Und immer brennt es, und so und so viele Menschen schauen das Flammenschauspiel an. Der eine oder andere will gehen, aber immer wieder wird das Auge vom Feuer angezogen, unwiderstehlich. Jetzt sieht man, wenn man sich auf den Zehen hochrichtet, Schutzleute zu Pferde. »Auf euch haben wir gerade gewartet«, sagt ein Bursche. Andere lachen. Man steht Kopf neben Kopf, Atem neben Atem, Gefühl neben Gefühl, Schaulust neben Schaulust, Leib an Leib, und noch immer meint man in der spannenden Naturnovelle weiterlesen zu sollen. Automobile mitten durchs Menschengewühl. »Gehen wir anderswo hin. Diese Ecke ist unheimlich.« So hört man sprechen. Plötzlich schießt aus dem glühenden Brandloch eine majestätische Flammenerscheinung, ein wahrer feuriger Riesenkörper hoch empor, um sich weit, als ein sanft fallender Regen, hinüber in die Nachtluft zu legen, als sei da eben etwas Großes und Schönes gewesen und sterbe jetzt aus.

Immer neue Menschen kommen heran, andere gehen. Die, die abgehen, werfen sich in komischer Art dicht hinter pustende, tutende Autos, die ihnen eine willkommene Gasse zum Abgehen durchs bewegliche Gewühl bohren. Die Elektrischen sind überfüllt, denn es gibt ihrer viele, die sich auf die Wagen hinaufflüchten. Zu den Fenstern der Nachbarhäuser schauen andere Neugierige hinaus. Und jetzt schickt auch die elegante nächtliche Lebewelt ihre Gesandten, weibliche und männliche, in Droschken und Pelze gebettet, und noch immer brennt es. Des Feuers Grimm ist nicht so bald zu besänftigen, nicht einmal mit Wasserstrahlen, auch mit den langanhaltendsten nicht. Man sieht die Feuerwehrmannschaft, man bewundert ihre waghalsigen Stellungen und meint, sie jeden Augenblick in den Rauch und in die Flammen versinken zu sehen. Jetzt geschieht eine allgemeine Zurückschiebung; vorn drängen Schutzleute! Man hat einige Mühe, sich auf den Beinen zu halten, man ergreift in der ersten Unsicherheit des neuen Standpunktes, wie um sich zu befestigen, die nächstbeste Hand, es ist die reizende Hand eines Mädchens, aber man muß wohl oder übel dieses Eigentum wieder fahrenlassen.

Ist es ein großes Unglück? Dank der Umsicht und der Unerschrockenheit der Feuerwehr ist die Größe des Verlustes gemildert, aber ein altes, erinnerungsreiches, ehrwürdiges Gebäude ist verloren, das ist des Verlustes genug. Genug reizende Stätten des Altertums reißt uns der Alltag mit seinen geräuschvollen Forderungen ab, auch das Feuer hilft nun noch mit, Berlin um Statuen und Denkmäler seiner Geschichte dünner zu machen. Aber dem Volk ist das »alte Gerümpel« wenig wert. Ein Briefträger, der da mit im Menschenhaufen steht, sagt, daß es nur gut sei, wenn es Platz gebe für das Neue. In Berlin sei sowieso bald alles zu eng. Das sei ja gräßlich verkehrshinderlich. Da müsse man nur nach Charlottenburg hinausgehen, das sei etwa noch eine Gegend, dort gäbe es breite, schöne, helle Straßen usw.

Mein Kamerad drängt, er friert, wir glauben jetzt nachgerade, daß wir Appetit auf ein hübsches Abendessen haben. Wir gehen, aber wir drehen uns noch manchmal um. Das Gelbe, Rote, Glühende hinter uns lebt noch fürchterlich lebendig, es spricht noch dieselbe kraftvolle Wutsprache, es empfindet noch mit denselben unverwüstlichen Flammenempfindungen. Aber mein Kamerad meint, es werde langweilig, so lange hinzuschauen. Ich gebe ihm recht. Eine meiner vielleicht üblen Gewohnheiten besteht darin, meinen Nebenmenschen stets recht zu geben.

Auf der Elektrischen

Es ist ein billiges Vergnügen, Elektrische zu fahren. Kommt der Wagen heran, so steigt man, indem man vielleicht einer edlen Frauengestalt höflich den Vortritt läßt, ein, und der Wagen fährt weiter. Sofort bemerkt man, daß man ziemlich musikalisch veranlagt ist. Die zartesten Melodien tönen einem im Kopf. Im Nu hat man sich zu einem ersten Dirigenten oder gar Komponisten aufgeschwungen. Ja, es ist in der Tat so: Das menschliche Gehirn fängt auf dem elektrischen Tramwagen unwillkürlich an, Lieder zu komponieren, Lieder, die in ihrer Unwillkürlichkeit und rhythmischen Gemessenheit so eigenartig sind, daß man versucht ist zu glauben, man sei da urplötzlich ein Mozart geworden.

Im übrigen hat man sich jetzt etwa eine Zigarette gedreht und sie mit aller Sorgfalt in den geübten Mund gesteckt. Mit einem solchen Apparat zwischen den Lippen ist es nicht möglich, gänzlich trostlos zu sein, auch wenn einem die Seele von Leid zerrissen wäre. Ist dies aber hier der Fall? Keineswegs. Man wollte nur den Zauber rasch beschreiben, den jahraus jahrein solch ein rauchendes weißes Ding auf das Menschengemüt auszuüben imstande ist. Und was tut man nun?

Unser Wagen ist fortgesetzt in Bewegung. In den Straßen, durch die man gleitet, regnet es, und das ist wieder eine neuerliche Annehmlichkeit. Es ist für gewisse Menschen furchtbar angenehm, zu sehen, daß es regnet, und zugleich fühlen zu dürfen, daß man selber nicht naß wird. Das Bild, das eine graue, nasse Straße ergibt, hat etwas Tröstendes und Träumerisches, und so steht man nun da auf der hinteren Plattform des knarrenden und vorwärtsbrummenden Wagens und schaut gradaus. Gradausschauen, das tun fast alle Leute, die in der Elektrischen sitzen oder stehen.

Denn man langweilt sich ja ein wenig während solcher Fahrten, die oft zwanzig, dreißig Minuten oder noch mehr Zeit in Anspruch nehmen, und was tut man, um sich einige Zerstreuung zu verschaffen? Man schaut gradaus. Durch Blick und Geste zu zeigen, daß man sich ein bißchen angeödet fühle, das gewährt ein ganz merkwürdiges Vergnügen. Jetzt studiert man wieder das Gesicht des diensttuenden Schaffners, und jetzt läßt man's wieder beim bloßen, leeren Geradevorsichschauen bewenden. Ist das nicht hübsch? Bald so und bald so? Ich muß bekennen: Im Gradausschauen habe ich es bereits bis zu einer gewissen technischen Vollendung gebracht.

Es ist dem Schaffner verboten, sich mit den tit. Fahrgästen zu unterhalten. Wie aber, wenn Verbote umgangen, Gesetze überschritten, Mahnungen so feiner und menschenfreundlicher Natur überhört werden? Das geschieht des öfteren. Eine Plauderei mit dem Kondukteur verspricht die reizendste Erholung, und gerade ich weiß fast immer eine Gelegenheit zu ergreifen, mich mit dem Bahnangestellten in amüsante und ersprießliche Unterhaltung zu setzen. Es lohnt sich, auf gewisse Vorschriften nicht achtzugeben, und es trägt zur Gemütlichkeit bei, das Äußerste aufzubieten, Uniformen gesprächig zu machen.

Von Zeit zu Zeit jedoch schaut man dann wieder gradaus. Ist man mit dieser schlichten Übung zu Ende, so darf man sich vielleicht jetzt mit den Augen eine kleinere Rundreise gestatten. Der Blick schweift durch das Innere des Wagens, über dicke, herabhängende Schnurrbärte, über das Gesicht einer müden, alten Frau, an einem Paar jugendlich-schelmischer Mädchenaugen vorüber, so lange bis man von Alltagsstudien satt geworden ist und langsam sein eigenes Schuhwerk betrachtet, das nötig hat, geflickt zu werden. Und immer kommen neue Haltestellen, neue Straßen, und es geht über Plätze und Brücken, am Kriegsministerium und am Warenhaus vorbei, und es regnet immer noch, und man tut immer noch, als ob man sich eine Spur langweile, und man findet solches immer noch für das Passendste.

Aber man hat vielleicht, während man so gefahren ist, irgend etwas Schönes, Heiteres oder Trauriges gehört oder gesehen, das man nicht vergißt.

Er bildet immer mich, er denkt immer mich, wahrscheinlich bin ich sein – geistiges Grab. Ich sei sein künstlerisches Ende, flüstern mir irgendwelche Stimmen sonderbar zu. Ich übe den Einfluß des Rein-Persönlichen auf ihn aus; demgemäß entschwindet ihm das Wesen. O, das ist merkwürdig, und ich glaube, ein Mann wie er verweibt bei mir. Er ist ein zu guter netter Mann. Wie? Was denke ich da? Künstler sollten wohl nicht Gatten sein; sie vermenschen zu sehr; sie sollten Un-Menschen bleiben, denn groß sollen sie ja sein, die Unglückseligen, groß sein sollen ist ein Unheil. Aber schadet es denn so viel, wenn sein Stern verblaßt? Komisch. Er ist mein Mann, und für mich ist ja dies das Ausschlaggebende. Wenn er durch mich so glücklich ist (und das ist er), mag er auch durch mich elend sein (und das scheint er). Wie grausam ich das denke. Wie entsetzlich. Und soll man überhaupt das Große erreichen, wollen? Ein Ehemann ist sehr, sehr keck, wenn er das will, und für diese Keckheit mir, der Frau, gegenüber soll er offenbar gestraft werden. Ah, gestraft. Ich bin fürchterlich. Sieh da: Er soll es doch wagen, von mir wegzufliehen oder mich wegzujagen, doch das ist es: Ihm bangt ja vor der Befreiung von mir. Nicht ungestraft macht man sich in einer wonnigen Stunde zum Sklaven, nicht ungestraft schwelgen geborene Unmenschen in den Reizen des Ewig-Menschlichen. Hier ist der Punkt, wo er zittert. Aber ich bin ja eine schreckliche Frau, ich Frau oder Nur-Frau bin ein ganz schrecklicher Kerl. Es ist wenigstens hübsch, daß ich das weiß. Er büßt dafür, daß ich ihm so lieb bin; also: darum, daß er sich menschlich beglückt fühle, muß das Große dieser Seele brechen? Ah ba, vielleicht ist er es ja gar nicht.

Jedenfalls geht mich eine Größe, zu welcher ich nichts beizutragen habe, auch gar nichts an. Mache er das mit sich selbst ab. Er kommt. Pst. Kein Gedanke. Ich will tun, als wenn ich schlafe. Ganz sicher wird er sich jetzt zu mir niederbeugen und mein Augenlid küssen. Und er wird sich einbilden, er sei glücklich.

Kuhstall

Ich war bei Bonn. Ich habe Bonn in seinem berühmten karierten Sherlock Holmes-Anzug gesehen. Der Anblick der gelbledernen Gamaschen, die er trug, hat mich erschüttert. Doch ich habe keineswegs die kühne Absicht, von Bonn zu sprechen, den ich auch als Edmund Kean im Stück von Dumas bewundern gelernt habe. Heute will ich mit des gütigen Lesers Erlaubnis vom Kuhstall reden, einem künstlerischen Sing-Sang- und Kling-Klang-Etablissement im Norden unserer lieben Stadt Berlin gelegen. Ich habe unter anderem im Kuhstall eine Schweizerin kennen und auf's Höchste schätzen gelernt, die dort als Kellnerin figuriert. Figuren gibt es im Kuhstall. Auch ich selbst bin im Kuhstall eine gerngesehene und mitunter sogar gefeierte Stammgastfigur. Wenn ich in das von ältlicher, halbgestorbener Eleganz durchduftete Lokal eintrete, erhebt sich der Wirt vom Platz, auf dem er Posten sitzt, und begrüßt mich auf das Zuvorkommendste, indem er mir eine überaus höfliche, weltmännische Verbeugung macht, was so viel zu bedeuten hat als ich soll ihm einen Cognac spendieren. O über das Betragen, welches ich im Kuhstall an den Tag lege. Es gleicht dem Betragen eines Fürsten Dolgorucki, eines Grafen Osten-Sacken, eines Prinzen Poniatowski. Der Künstlerschaft auf der kleinen dreieckigen Bühne, die wie im Unbestimmbaren und Ungewissen verloren in der Ecke klebt, gebe ich immer einen Stiefel. Was ein Stiefel in Lokalitäten, wie der Kuhstall eins ist, bedeutet, das werden wohl wenige literarisch geschulte Damen und Herren wissen. Ein solcher Stiefel ist ganz einfach eine Kanne Bier in Form eines gläsernen Damenstiefels, enthaltend gegen die zwei Liter. Die Musik, die im Kuhstall gemacht wird, ist oft ohrenzerreißend; dennoch liebe ich sie und träume von göttlich schönen Sachen, wenn sie mir in's Ohr schleicht, um es mir mit Melodien zu umstricken. Dem haarbuschigen bramarbasierenden Gesellen von Kapellmeister lasse ich jedesmal eine Erquicklichkeit auf sein Forte Piano setzen. Diese Annehmlichkeit, die er zu würdigen und im Übrigen ganz kunstvoll zu saufen, ah pardon, zu trinken weiß, besteht in nichts anderem als in diversen Gläsern voll Bier. Ja, ich muß sagen, ich lasse viel Geld im Kuhstall hinterliegen. Das angezahlte Kapital verzinst sich reichlich, und die Zinsen sind Lustigkeiten, die mir viel Vergnügen machen. Sonst bin ich ja ein ganz durchtrieben solides Männchen, aber manchmal, manchmal ... wenn's mir grad so drauf ankommt ...

Auch Dauthendey ist jetzt zum Schauspiel übergegangen und trägt, so scheint es, so manches zur Bereicherung der Schaubühne bei. Ich war neulich im Kintop, und ich muß gestehen, es war grauenhaft. Ich will nie wieder an solch einen Ort der Lüge und des Hirngespinstes hingehen. Der Kino erscheint mir wie die Pest der Jetztzeit. Der große Hauptmann schreibt jetzt Romane, die die Zeitungen, welche die Welt bedeuten, bereitwilligst in ihre breiten und schmalen Spalten aufnehmen. Von Kyser, dem tapferen Angreifer von unhaltbaren Zuständen, ist neulich viel die Rede gewesen. Kyser nehme sich in acht. Er läuft zu viel in Gesellschaft. Wer sich an Sekt, Austern und Trüffeln gewöhnt, dem geht frühzeitig das Feuer der Seele verloren. Und Hofmannsthal? Mit welcher neuen und unerhörten Granatenbombe ist er beschäftigt? Wedekind hält sich scheinbar hübsch still. Das wird ihm nur zum Vorteil gereichen können. Die Kleistenfeier nebst anhängender diesbezüglicher Stiftung ist auch wieder vorüber. Duelliert euch doch lieber, als so dumm für aufkeimende allfällige Talente sorgen zu wollen. Die kommen am besten vorwärts, wenn ihr euch nicht um sie bekümmert. O daß ein Gott dem deutschen Reich seine Milliarden raubte. Es denkt alles nur an Futterung. Als Kyser seinen berühmten Stiftungsaufsatz schrieb, dachte er an was? An Futter! Entsetzenserregende Zustände. Doch es kann ja nach und nach besser werden. Loerke macht wahrscheinlich auch sein Drama im Stillen. Es macht heute alles, was eine Feder hinter dem Ohr hat, Dramen. Nur Hesse nicht, der Gute! Schnitzler? Doch es will mir kein schlechter Witz auf Schnitzler einfallen, als höchstens, daß ich schon seit längster Zeit kein

Schnitzel mehr gegessen habe. Ich esse in letzter Zeit sehr oft dicke Erbsen, Pökelkamm und Sauerkohl. Sternheim haben sie auch wieder absagen müssen, die Schurken. Einen greulichen, haaremporsträubenden denkbar plumpen Erfolg hatte Freksa mit seinem Ding. Ein solcher gewissermaßen schmählicher Allerweltserfolg ist zu beklagen. Ein so netter guter Junge mit harmlosen roten Wangen. Ja ja. O mon dieu.

Das Dichterzimmer

Um es offen zu gestehen, wohne ich gegenwärtig in einer Badestube. Die Luft ist feucht, doch das tut nichts, denn ich liebe feuchte und nasse Atmosphäre. Verhältnismäßig ist das Zimmer niedrig, aber ich habe schon in niedrigeren Stuben gewohnt. Staub liegt in Hülle und Fülle auf den Möbeln herum. Doch die Sache mit dem Staub verhält sich so: Ich atme gern Staubluft ein. Schlechte Luft enthält einen gewissen romantischen Zauber.

Meine Freundin, die geschiedene, getrennte und auseinandergerissene Frau von Ligerz, haust noch ärmlicher als ich. Sie macht es mit noch bedeutend weniger Komfort, und ehemals schwamm sie darin. Sie hat gewohnt und gelebt wie eine regierende Fürstin, und jetzt übersetzt sie, gleich der hoffnungslosen Sklavin, was? Romane! Ihr eigenes Leben ist selber ein Roman. Doch sie, sie ist zu delikat, diesen Roman zu schreiben.

Jedes beliebigen Menschen Leben ist ein schöner und langer Roman, so z. B. meines. Ich komme mir, wenn ich nächtlings in meiner Stube bei der Lampe sitze, wie eine regelrechte Romanfigur vor: »Und dann löschte er das Licht aus und legte sich zu Bett.« Mein Bett ist ein mühselig zusammengerafftes Feldbett, alt und feucht und hart. Doch ich schlafe mit einer Art Freude darin. Eine Taglöhnerin hat es mir leihweise gegeben. Ich gab ihr für ihren Sohn ein Paar Stiefel, die ich nicht tragen kann, weil sie mir zu groß sind. So gibt eines dem andern vom Überfluß ab, so lebt man hübsch wechselseitig.

O wie süß, wie traumhaft schön ist armer Leute karges tägliches Brot- und Notleben. Ich bin von Herzen froh, daß ich zum gemeinen Volk zähle. Vorstädte sind mein beliebter Wohnort und arme Leute, die hin und wieder eine Kleinigkeit mit geschickten Fingern entwenden, sind meine Kameraden, wie z. B. diese Emma, die mir jeden achten Tag das Schriftstellergelaß in Ordnung bringt.

Mein Ofen ist ein Badeofen, er gibt prächtig warm. Welch elegantes herrschaftliches hohes schmalfenstriges Zimmer hatte ich noch bis vor kurzem inne. Ein Graf konnte nicht vornehmer wohnen. Ich bin jedoch so gut wie hinausgeworfen worden, doch das schadet gar nichts. Es ist so hübsch, träumen zu können von einstiger Herrlichkeit. Einige alte Tücher, Teppiche und Decken geben einem Zimmer etwas Warmes. Nun, damit bin ich reichlich versehen. Scheint denn nicht die holde Sonne schmeichlerisch und verschwenderisch in mein Zimmer, und in der Nacht, was blickt mir da für ein seltsamer lieber Geselle auf altbekannte Art durchs Fenster? Ist's der Mond? Ja, es ist der gute, edle Mond. Soll ich nicht zufrieden sein? Doch, ich soll zufrieden sein. Mein Kopf ist gesund, und freundlich-blauäugige Hoffnungen schweben mir um die Seele. Niemals, niemals möchte ich's anders haben als wie ich's habe. So und nicht anders. Nicht um ein Tüpfchen.

Tell

Im Lande Uri, das an der Straße liegt, die nach Italien führt, wo die Orangen wachsen, lebte einst ein Mensch, der sich dadurch wichtig machte, daß er einen federgeschmückten Hut nicht grüßen wollte, weshalb er von einer Anzahl trivialer Leute umzingelt und abgefaßt und fortgeführt wurde.

Die Sache kam vor Bezirksgericht oder vor den Landvogt, der Gessler hieß und spitzbärtig und mager war. Das lasse er sich keinesfalls bieten, sagte er, indem er sich auf die Lippen biß. Er war wohl etwas nervös. Regieren ist ein aufreibender Beruf.

Lange grübelte er, bis er plötzlich ganz satanisch lächelte: »So! Dir will ich das Aufbegehren ein für allemal versalzen.« Mit diesen Worten erteilte er die nötige Instruktion; hierauf kam es zum Apfelschuß, der unzählige Male über die Bretter ging. Das Stück ist meisterhaft wie alles, was Schiller geschrieben hat.

Tell war blaß. Nun ja, das begreift sich. Wer würde nicht zittern, der aufs Haupt seines Knaben zielen müßte? Gessler saß im hochherrschaftlichen Auto und rauchte eine Brissago. Die Landvögtin wohnte dem Schauspiel zu Pferd bei, sie trug ein äußerst elegantes Reitkleid und interessierte sich für Tell's Schicksal ungemein.

Dieser schoß und traf und verletzte damit des Landvogts Eigenliebe aufs tiefste. Das gesamte anwesende Publikum klatschte Beifall, was dem Gouverneur natürlich peinlich sein mußte.

»Komm einmal her«, sagte er, und als Tell zu ihm hintrat, richtete er diverse Fragen an ihn, worauf ihm Tell nicht schnell genug diverse Grobheiten ins Antlitz werfen konnte, was recht unklug war und besser vermieden worden wäre. Doch wir haben gut reden und würden uns vielleicht ebenso unbesonnen benehmen.

Gesslers Wut war groß. »Bindet ihn mir«, befahl er, und nun war Tell von neuem in der Klemme. Er wurde ins Unterseeboot oder Segelschiff geschleppt und an den Mastbaum gebunden. Die Gesellschaft segelte nach Luzern, wo der Freiheitsheld derart untergebracht werden sollte, daß er weder Sonne noch Mond je wieder zu sehen bekäme.

Doch es kam anders. Tell hatte herzlich wenig Lust, lebendig begraben zu werden. Lieber ging er in den Schützengraben oder trat zu Lenin und Trotzki in Beziehung.

Luzern war sicher schon dazumal ein lieblicher und wohnlicher Ort. Heute ist's eine berühmte Fremdenstadt, die alle erdenklichen Annehmlichkeiten bietet. Ich selbst war einmal vor Jahren dort. Leider regnete es, doch bekam ich immerhin den Pilatusberg zu sehen, der fabelhaft aus Nebelwolken tauchte.

Um zur Historie zurückzukehren, die womöglich etwas spaßhaft anmutet, was kaum viel schaden kann, so wäre anzuzeigen, daß sich auf dem Vierwaldstättersee ein Sturm erhob, der dem Gefesselten die Möglichkeit gab, zu entschlüpfen, indem Gessler selber es war, der für ratsam hielt, sich seines Gegners zu Ruderzwecken zu bedienen.

Bei einer Felsplatte sprang Tell aus dem Schiff, was uns glauben läßt, er sei nicht nur ein Meisterschütze, sondern auch noch ein guter Turner gewesen. Entschlußfähigkeit besaß er offenbar in hohem Grade.

Nun war er frei, und nun käme noch die hohle Gasse zu Küssnacht, wo die Geschichte jäh erledigt wurde und einem Generalbevollmächtigten großes Malheur begegnete. Zweifellos ging es etwas schroff zu, und die

Art, wie Tell für Garantie sorgte, wird kaum nach jedermanns Geschmack sein.

Da er bei aller Tatkraft friedliebend war und seine Aufgabe erfüllt hatte, so ging er still nach Hause an seine gewohnte Arbeit.

Kleist in Paris

Im April 1801 reiste Kleist nach Paris. Was er wohl damit bezweckte? Was trieb ihn dorthin? Er war 23 Jahre alt, und es dämmerte ihm eben auf, er könnte Dichter werden. Könnte? Nein, nicht nur könnte, sondern müßte! Er weiß, daß er das muß, und reist deshalb. Schlägt ein Amt aus und reist. Seine Bekannten fragen ihn immer, was er eigentlich im Leben vorhabe, ob nicht dies und das günstig für ihn sei. Solches mag und will er nicht mehr hören. All dieses Private, Egoistische preßt, drückt ihn, kurz, er will den lähmenden, engen, kleinen Dingen entfliehen, und daher reist er. Erwacht der Weltmann in ihm? Kann schon sein. Aber es ist etwas Größeres, Schöneres in ihm wach geworden, und das ruft ihn, und er folgt ihm. Aber warum will er gerade nach Paris reisen, in den Trubel der Weltstadt? Weshalb das? Zieht es ihn in den Strom des Lebens? Zweifellos, denn es treibt ihn ja in etwas Größeres. Zugleich sehnt er sich wohl auch nach Stille. Sehnt er sich vielleicht nach beidem, nach Lärm und nach Stille zugleich? Auch das mag sein. Jedenfalls steht fest, daß er flieht, und ebenso steht fest, daß er etwas sucht, etwas erstrebt. Indem er reist, geht er nicht rück-, sondern vorwärts. Nun sitzt er in der Postkutsche, ei, wie das hie und da rumpelt! Die Kutsche ist voller Reisender, er beachtet sie nicht, d. h. er wird sie wohl beachtet haben, mißt jedoch diesen Dingen keine Wichtigkeit bei. Wälder, Dörfer, Städte, Flüsse und Menschen und was es alles an Erscheinungen geben mag, schweben vorüber, er führt nicht Notiz darüber; er erlebt es, sieht es, schreibt es aber keineswegs auf. Ihm schwebt ein Einziges vor: Er reist nicht, um Reisebericht abzustatten, reist nicht, um irgendwas zu erleben und es dann für etwas Bedeutendes zu halten. Nein, er ist bereits von Leben erfüllt; die Wirklichkeit läßt er bloß leise auf sich einwirken. Tiefer beschäftigt ihn nur das, was er in sich und mit sich trägt, also seine Seele; diese ist voll von sprühendem Leben, er hat nicht nötig, es von außen und aus der Zufälligkeit zu empfangen. Außerdem hat er ja wohl auch schon einen dramatischen Plan. Diesen verfolgt er beständig. Im Geist ist schon ein Entwurf, denn es gilt ein Werk fertigzubringen. Darum und sonst um nichts reist er, und nun langt er in Paris an, mietet sich ein Zimmer. Gewiß zieht ihn zunächst das neue Bild an, denn welch ein Bild ist dies! Was für Gestalten, Gesichter, Töne, Farben! Ja, er sieht mancherlei, doch was geht's ihn an? Es ist ihm fremd, läßt ihn kalt. Aber er hat ja dem Allzunahen, Allzuvertrauten entfliehen und in ein Fremdes ziehen wollen und hat nun, was er begehrte. Er fühlt sich in der Tat frei, hier kann er schaffen, dichten, sich der Kunst widmen, und er tut es, denn er ist ein Charakter, der nicht zaudert, sobald er vor etwas zu Bewältigendem steht. Wochenlang geht er nicht aus, lebt wie in einem Gewölbe, hegt sein Kind, sein Ideal, schreibt heim, daß er unter den Leuten nichts zu suchen habe. Hieraus sieht man, daß er sich abschließt, nur im Traum, d. h. im Werk lebt, und dies ist »Die Familie Schroffenstein«, sein Erstling. Er ist ganz in der eigenen Welt, die andere, die sichtbare sieht er nicht, will sie und soll sie nicht sehen. Lebt mit dem Liebespaar Ottokar und Agnes. Bei all dem macht ihm Paris sicher starken Eindruck und wirkt auf ihn und sein Stück beeinflussend. Er bleibt daselbst bis in den Winter, zieht hernach über Frankfurt in die Schweiz und liest hiesigen Freunden sein Gedicht vor. – Kleist's Leben hat etwas Faszinierendes. Er hat unter zu hohen Begriffen über seinen Beruf offenbar gelitten, sich vor seinen

Empfindungen nicht genügend gehütet. Doch, was soll man sagen? War es doch die ihm gegebene, halb überzarte, halb gewaltsame Natur, der er gehorchte. Er handelte stets, wie's ihm um's Herz war, offen und groß. Abgeschliffen, umgemodelt hat er sich nie.

Das Maß ist bald überschritten.

Wie ich es treibe und trieb, treibt und wird es keiner mehr treiben.

In Neapel Schulden zu hinterlassen!

Patrizierhäuser besänftigend mit dem Ärmel zu streifen, als wenn solche Haushaltungen der Aufmunterungen bedürften.

Köchinnen hochzuachten, bei Zeichnungslehrern zu wohnen und aufs Kostgeldausbezahlen zu verzichten.

Ich wurde in jeder Art Entsagung ein großer Künstler. Einst schritt ich nur mit Zagen, d. h. mit Vorsicht und dementsprechender Freude in unsere feineren Lokale, deren Anblick ich heute vornehm verschmähe oder rücksichtslos umgehe, oder wie Sie wünschen könnten, daß ich mich da ausdrücke.

Vierzehntägige Aufenthalte an Seeufern usw. zu machen und den Herrinnen der diesbezüglichen Chalets nicht eine einzige verbindliche Zeile per Post zukommen zu lassen, statt an nette Leute hie und da Briefe zu richten, mit Mönchsschriftadressen und Anreden wie:

Großmütige Spenderin so und so vieler Portionen gutzubereiteter Bratkartoffeln.

Courtoisie wäre nachgerade wieder am Platz.

Keiner kann dümmer und fröhlicher dreinschauen als ich, aber ich frage mich, wie lange solche Aufführung andauern soll.

Wäscherinnen werden von mir wie Regentinnen behandelt, kleine, zarte Schülerinnen wie anspruchsvolle Mitglieder des weiblichen Teiles unserer menschlichen sowohl wie bürgerlichen Gesellschaft.

Ob das wohl recht ist?

Ich beklage aufrichtig, daß ich mich immer wieder riesig gern am Kinn anfassen lasse.

Ich fliehe die verständnisbegabten Leute, weil ich fürchte, daß mir all ihr großes, leuchtendes Eindringen in meine Art und Weise vielleicht doch noch immer nicht genüge.

In mir sind so viele zarte Vermutungen!

Ich komme vor Niemals-Umkommenkönnen sozusagen um und habe mich vor Ernsthaftigkeit in die zauberischen Gärten der Liederlichkeit verirrt. Glänzende See-Augen, schimmerndes Mädchenaufschauen zu Bildwiedergaben hinauf, die etwa in Buchhandlungsschaufenstern hängen.

Jetzt riechen, vielmehr feiner gesagt, duften die Gassen oder Straßen von Tannenbäumen und ich Geizhals schenke niemand etwas, weil ich mir eingeredet habe, ich würde mich eher für's aus schönen Händen Greifen und Entnehmen als für's Darbieten eignen.

Das niebezahlte Kostgeld macht mir von Tag zu Tag stärkere Sorgen, und daß ich die Liebe, die sie ja doch nun einmal ist, mit so kalter Achtung vor mir erfüllt habe, erfüllt mich mit einer gewissen ruhigen Beunruhigung und unruhiger Ruhe.

Ich schaue jeden Abend hinter den Fenstervorhang, eh' ich zu Bett gehe, ob sie sich vielleicht da verberge.

Sollte ich Allüren angenommen haben?

Entschieden!

Aber ich bin sehr still geworden und sie auch.

Wie sie sich bescheiden anziehen gelernt hat! Es ist direkt rührend.

Sollte sie etwa ihrerseits auch irgendein Kostgeld nicht bezahlt haben? Ich wäre natürlich bereit, diesbezüglich etwas für sie zu tun. Schön ist nicht, daß ich über so seriöse Sachen lachen kann.

Geld regiert die Welt, hie und da wohl auch das bißchen Liebe. Verwandelt sich Liebe in Haß, so wird an unbezahlte Kostgelder erinnert.

Es passiert z. B. Dichtern leicht, daß sie in ihrer Jugend so eine Nebensächlichkeit, wie sie das Kostgeld darstellt, großzügig außer acht lassen; aus lauter Menschheitsliebe und Daseinsfreude verlernt man die Liebe zu geschäftsmäßigen Abmachungen und beachtet man die Wichtigkeit von Unwichtigkeiten nicht.

Ich würde es nett finden, wenn sie, die jetzt eine Menge Respekt vor mir hat, mir in erwähnter Hinsicht ein wenig gliche.

Ich habe sie hart bestraft, daß ich ihr den Anlaß schuldig geblieben bin, mich zur Rede zu stellen, was etwas wie einen Roman abgegeben hätte. Mädchen lesen so gerne Romane, wie sie willens sind, solche zu erleben, und ich bin ein Bösewicht, daß ich da nicht so stark interessiert bin, wie ich sein sollte.

Wunderbar zündet sich das Höhenfeuer des Sehnens nachts beim Wachen, am Schreibtisch, an, aber wenn ich morgens erwache, so erwacht der Künstler in mir, der Gläubige an das Zufällige; der Mensch verbirgt sich vor dem Tanzbegabten, der sich selbst Vater, Mutter, Bruder, Freund und Freundin ist, der über die Glieder und den Geist gebietet, sich reich genug weiß, daß er die Mitlebenden nur für Gestalten nimmt zu beliebigem bildenden Spiele. Warum gehorch' ich mir so gut? Warum kann ich mich nie unerträglich finden? Weshalb ertrag' ich einen solchen Herrn, wie ich bin? Warum mußte mir dieser Kostgeldeinfall kommen? Darf ich denken, mir liege an irgend etwas?

Ich versichere auch, daß ich von mir persönlich aus fast nie lachen würde.

Er ist's, der immer voll Lachen ist, dieser »er« mitten in mir, dieser Einfällehaber, den ich beherberge, der Märchenhafte.

Vor einem Kino

Ich stand vor einem Kino; mein Töchterchen, oder wer sie sein mochte, war darin, der hatt' ich abzuwarten. Zuerst schaute ich mir die Bilder an, die da ausgestellt waren. Ein Mädchen, das noch nicht mal zur Schule ging, leistete mir eine Weile Gesellschaft, auch zwei Jungens in geflickten Hosen. Der Kinodiener ging gemessen im Vorraum auf und ab, der Höflichkeit wegen richtete ich ein Wort an ihn, er hätte dann an mir nichts auszusetzen, und in der Tat ließ er mich stehen.

Die Zeit verstrich; ich konnte sie nicht am Vergehen verhindern. Indes ich sie machen ließ, ihr ihre Eigenart nicht abstritt, nützte ich sie dadurch aus, daß ich die vorbeigehenden Leute beobachtete. Das Leben selber schien sich vor mir abzuwickeln. Das kam und ging unaufhörlich. Mir erschien mein Dastehen immer amüsanter; zu meiner Geduld gratulierte ich mir. Meine väterliche Sorge war übrigens wahrhaft rührend. Wie eine Wachsfigur stand ich da. Ich verstehe mich auf's Stillstehen vorzüglich, kann stundenlang unbeweglich sein; irgendwo hab' ich's gelernt, Genaueres wünscht niemand, also brauch' ich auch nicht mehr zu sagen.

Da kamen ein Herr und eine Dame vorbei, o, wie sie ihn anflehte, wie ihr die Tränen aus den schönen Augen rannen und er sie kalt-lächelnd ansah. War sie eine Verurteilte, die ihren Richter um Schonung bat, eine von ihrem Herrn verlachte Sklavin?

Ein armer Lahmer rutschte auf den Knien vorbei, alle überholten ihn, ohne dabei an irgend etwas zu denken. Die meisten bewegten sich mit leichten, eleganten Schritten, wie sich's im großstädtischen Verkehr gehört.

Nun frappierte mich der Anblick eines wunderschönen Mädchens mit herabhängenden Locken und einem unbeschreiblich hübschen Röckchen. Hinter ihr ging ein junger Mensch, der sie zu lieben und in unschuldiger Art zu verfolgen schien. Sie drehte sich um, schaute ihn bloß an, da blieb er stehen und wankte, wurde blaß, suchte irgendwelchen Halt; sie indessen, die in jungen Jahren so große Macht auszuüben wußte, ging weiter. Ich hätte gern dem Jüngling gesagt, er tue mir leid, und ihn ausgefragt, aber das Anstandsgefühl, dem ich allezeit zu folgen gewöhnt bin, verbot es mir.

Schon kam etwas Neues: zwei Herren und eine Frau, der ich ansah, wie sie mit ihrem Herzen kämpfte. Sie liebte beide, mußte jedoch, guter Lebensart wegen, dem einen gegenüber Gleichgültigkeit heucheln, ja sogar Abneigung, während sie ihm die Hand hätte drücken mögen. Ich fing einen Blick auf, den sie ihm zuwarf, ohne daß sie's ihn sehen ließ. Wie war dieser Blick zärtlich und schmerzlich.

Zwei ältere Damen schienen noch nach Freuden auszugehen. Ein Kind kam vorbei, das noch nicht wußte, was Menschen im Leben am eifrigsten suchen. Arbeiter mit Rucksäcken und in schweren Schuhen, ein listig blinzelnder Gelehrter. »Was steht denn der hier so lang?« hörte ich jemand plötzlich fragen, aber meine Aufmerksamkeit wurde von einer stolzen, aber sichtlich zugleich armen Frau in schwarzem Haar angezogen, die ihren Begleiter, der sie mit Ehrerbietung überhäufte, voll Haß anschaute, weil sie ihn in seiner Liebe zu ihr glücklich sah und für ihn nicht ein gleiches Empfinden aufbrachte, dabei aber Gründe haben mochte, die Seinige zu sein. Alle gingen dahin, vom Unbeachteten beobachtet. Hie und da blieb einer stehen, aber die Zeit tat das nicht. Fliehen ist ihr angeboren.

Die, der ich abwartete, kam nun heraus, damit war mein Dienst erledigt.

Das Trinkgeld

Was tat ich jüngst? Bin ich noch würdig, ein Prosastück zu schreiben? Hält mich jemand zukünftig noch für einen Dichter? Ich zweifle, denn ich nahm ein Trinkgeld. Nehmen Autoren Botenlöhne in Empfang? Ich will mich näher erklären. Heut früh saß ich auf einer Bank, da kam eine paketbeladene Dame. Den Anblick ertrug mein galantes Gemüt schwer. Autoren sind für ihren Namen verantwortlich. Anderseits dürfen wohl auch Träger bekannter Namen Damen Pakete nachtragen. Oder nicht? Bitte, sagt mir's! Ich sprang auf, eilte der Davoneilenden nach, die gar nicht eilte, sie ging mühsam, da sie zu schleppen hatte. Seh' ich jemand schleppen, so wünsche ich zu helfen, und so sagte ich: »Pardon, darf ich Ihnen behülflich sein?« Sie nahm meine Dienstfertigkeit an. Am Bestimmungsort angekommen, zog sie ihr Portemonnaie hervor und händigte mir ein Geldstück ein. Sie tat es mit behandschuhten Händen. Solchen gegenüber werd' ich weich, ich versichere es. Wohl hätte ich sagen können, es ginge nicht an, einem Dichter, dessen Ruhm freilich etwas nachließ, ein Trinkgeld zu geben. Ich zögerte anzunehmen, nahm aber doch an. »Küß die Hand, gnä' Frau.« Was jetzt? Jedenfalls war das Frauchen zufrieden, hielt mich für artig, und das gilt mir mehr, als wenn sie mich für den größten Schriftsteller hielte. Ein reizendes Lächeln! Gelassen zog ich den Hut vor ihr.

Ernesto

Ernesto machte zahlreiche Frauenbekanntschaften. Jeden Tag lernte er sozusagen eine Neue kennen. An der einen schätzte er die Art zu reden, an der anderen die Melodie des Gesichtsausdrucks; an der dritten die Schönheit der Gestalt, an der vierten die Klugheit und Grazie des Benehmens. Ich begegnete ihm öfters und fand Muße, ihn zu beobachten, wobei es mir nicht entging, wie ihm alle Erwerbungen immer wieder entglitten. Er nahm den Umgang teils zu leichtherzig, teils zu tiefsinnig und schwerfällig. Hier schenkte er zu wenig, dort zu viel Beachtung, genug, eines Tages kam er zufällig vor das Portal der Kirche, wo sich auf erhobenem Sockel eine in Stein gemeißelte Frauenfigur befindet. Was geschah mit Ernesto und dieser Figur? Er betrachtete sie und schien sich nicht mehr von ihr trennen zu können, so sehr gefiel sie ihm.

»Dieses Antlitz«, sprach er, »ist ebenso hold wie ernsthaft, ebenso achtungsgebietend wie anziehend. Schade, daß es nicht lebt; aber lebt es denn nicht? Doch, das tut es.« Es schien, er habe nun seine Geliebte gefunden, und in der Tat stellte er sich von da an täglich um dieselbe Stunde vor dem Idealbilde ein, Gespräche mit ihm führend, als könne es reden und gäbe ihm Antwort. »Was ich an dir schön finde«, sagte er, indes er so nahe wie möglich vor sie hinstand, die ihm begreiflicherweise keine Achtung schenkte, »ist die ruhende Beständigkeit. Stets bist du dieselbe. Von welcher andern Frau, so liebenswürdig sie sein mag, läßt sich dies sagen? Blick' ich dich an, so hab' ich nie den unangenehmen Eindruck, ich sei dir lästig; du läßt dir mein Forschen mit großartiger Gelassenheit gefallen. Wie sind dein Gewand und deine Körperhaltung edel. Ich liebe dich in jeder Beziehung, obschon ich eigentlich den loben sollte, der dich schuf, aber dein Anblick läßt mich vergessen, daß du ein Kunstgegenstand bist; es ist mir, als kenntest du mich und sähest mich gern. Verzeih die Aufdringlichkeit dem Liebebedürftigen.« So oder ähnlich drückte sich Ernesto aus, er vermißte bei der Steinernen keine andere Frau mehr, ging gedankenvoll oder auch gedankenabwesend durch die mit allerhand netten Erscheinungen belebten Straßen, wie einer, der befriedigt ist, und er war's auch. Das Bild aus Stein schien ihm immer schöner. Einigen fiel er auf, und es kam vor, daß der Platz vor der Unbeweglichen bereits von jemand besetzt war, wenn er lebhaften Schrittes davor anlangte; dann wartete er, bis sich der Betreffende entfernte. »Ich liebe dich«, gestand er ihr eines Tages, »eigentlich hätt' ich dir das längst sagen sollen. Du duldest meine Zärtlichkeit?« Auf alles, was er ihr sagte, fand sich in seiner eigenen Seele eine Erwiderung, er legte ihr Worte auf die feingeschweiften Lippen, wie sie ihm einfielen. Sie sprach stets so, wie er sich's wünschte. Nie schaute sie ihn an, das hatte den Vorteil, daß er's um so unbekümmerter seinerseits tun durfte.

»Du verstehst mich«, sprach er sie einmal im Flüsterton an und mußte über die Gewagtheit der Ansprache lächeln und den Umstand, wie sich bei ihr jede Anrede riskieren ließ. Eine andere hätte ihm vielleicht geraten, etwas besonnener zu sein usw. Wie oft Ernesto zu ihr ging und was aus dem unalltäglichen Verhältnis wurde, weiß ich nicht, glaube aber, daß es ihn beglückte. Nicht wahr, eine sonderbare Art, das Drängen des Herzens zu dämmen und den Empfindungen Richtung zu geben. Ich seh' den Leser den Kopf schütteln, daher entfern' ich mich vom Sujet.

Kinder und kleine Häuser

Neulich schneite es; da ging ich durch die Stadt. Wie hübsch, wie still war's. Vielerlei kleines Gedankliche fiel mir aus dem Gedächtnis ins Bewußtsein, wie Flocken, die unermüdlich zu Boden flogen, der begreiflicherweise weich war. Es war ein recht angenehmes Gehen an Gärten und Häusern vorbei, wobei mir einige Hüttchen auffielen, eines davon hatte ein halbabgedecktes Dach. Die Fassade schien noch stattlich, nein, das gerade nicht, aber noch leidlich zum Ansehen. An einem Häuschen prangte die Inschrift: »Wenn du im Herzen Frieden hast, wird dir die Hütte zum Palast.«

Ein Kätzchen sonnte sich auf dem Gesims. Sonne? Eben sagte ich ja, es schneie, und nun red' ich von schönem Wetter. Ei, das ging so zu: Indem ich so ging, öffnete sich der Himmel, und über den gefallenen Schnee hin zog sich das herrlichste Blau. Ein Kind grüßte mich und fragte mich ernsthaft, warum ich keinen Schirm habe. Es hatte nämlich wieder zu schneien begonnen. Ist das unwahrscheinlich? O durchaus nicht. Ich erwiderte: »Du hast ja auch keinen.« Es sagte: »Dafür hab' ich einen Mantel.« »Nun, ich habe auch einen«, gab ich ihm zur Antwort.

Wieder standen am Weg ältere kleinere Häuser. Offenbar immer noch brauchbar zum Wohnen und zum Glücklich- oder Unglücklichdarinsein, je nachdem wie sich's gab und in was für Verhältnissen die Menschen atmeten und lebten. Da kam wieder ein Kind des Weges, dem gab ich ein Geldstück; es ging fröhlich in einen Laden, um Täfeli zu kaufen.

Wie sind kleine Menschenhände lieb, ich hätte beinahe gesagt: süß! Vor einiger Zeit fragte mich eine Frau: »Sagen Sie mir, an was haben Sie eigentlich Freude?

Gibt es etwas, das Sie aus der kühlen Ruhe und aus der Gewohnheit des Denkens bringen kann?« Wie das gefragt war! Ich wunderte mich über die Art, in eines Menschen Gefühlsleben dringen zu wollen, und die ganze Antwort, die ich abstattete, bestand in einem Lächeln. Lieb' ich denn nicht manches? Bin ich aber immer zum Lieben aufgelegt? Ich glaube so gut das Recht zu haben, von Zeit zu Zeit mürrisch zu sein, wie ein anderer. Das passiert jedem. Hätt' ich nie etwas gehaßt, würd' ich denn je etwas haben lieben können? Freude hört nicht auf, aber auch das Leid nicht; ich könnte mehr darüber sagen, will aber nicht über den Rahmen meiner kleinen Aufgabe hinausgehen, die von Kindern und kleinen Häusern handelt, und von einer Frage, die es zu eilig hatte, vom Himmelsblau und vom Schnee. Hast du jemand schon Enttäuschungen bereitet und dich darüber gefreut? Kann man das? O, man kann viel! Ja, viel Seltsames ist möglich! Was zwischen diesem und dem Einfachen liegt, spar' ich mir auf. Hier sei bloß was Geringfügiges [gesagt]. Lebe wohl. Güte ist blöde, aber du hast womöglich gleichwohl den Trieb dazu in dir.

Die Kranke

Der Arzt sprach zur Kranken: »Du nimmst dir, wie mir scheint, deine Lage zu sehr zu Herzen. Fasse Mut, es wird besser. Vergiß den falschen Glanz, womit du dich brüstetest. Laß mich deine Hand befühlen. Hm, nicht übel. Ein etwas noch zu heißes Händchen. Immer noch etwas Fieber, das die Patientin durch sorgsames Einnehmen der ihr verordneten Medizin verschwinden zu machen suchen muß. Sei dein eigener Arzt, das will heißen, erschwere nicht dem die Aufgabe, der sich um dich müht. Noch immer dieser verhaltene Groll in den Augen. Krankest du nicht hauptsächlich an ›edlem Haß‹? Du möchtest ›nobel zugrunde gehen‹! Du hast dir eine ebenso unschöne wie unkluge Hoffnung noch nicht abgewöhnt, die dahin zielt, daß es deinen Feinden schlecht ginge. Was hättest du davon? Ginge es dir darum besser? Nein, deine Feinde sind's, die dich heilen, du solltest hierfür nachgerade Verständnis besitzen. Leichtgeartete Freunde haben dich dem Ohnmachtszustand überantwortet. Die sagten dir stets ins Ohr, du seiest herrlich und du habest nichts, gar nichts zu fürchten, nicht einmal dich selber; sich selbst aber fürchtet ein kluger Mensch immer. Zu viel Selbstvertrauen beweist Gedankenlosigkeit. Meintest du, dir hafte kein Fehlerchen an? Wie setztest du dich über deine Geschlechtsgenossinnen! Nun wird deine schwierigste, aber auch meistversprechende Aufgabe sein, was dich umgibt, achten zu lernen, ohne es über Gebühr zu schätzen, was die entgegengesetzte Schwäche wäre. Erlaube dir eine Zeitlang weder Tadel noch Lob, laß vielmehr die Erscheinungen auf dich wirken, wie sie ungefähr sind. Die Abenteuerlust, die dir im Blute liegt, solltest du mit aller Energie zu vergessen suchen, ein neues Wesen aus dir machen. Herrin zu sein ist leicht und auch nicht sonderlich schwierig, im Dienen aufzugehen. Schwierig aber ist, des Wesens Mitte mit Geschicklichkeit zu beobachten. Das Wörtchen vom goldenen Mittelweg hat unberechenbar schöne Bedeutung, weil es aber ein scheinbar schlichtes Wort ist, verachtet man es. Verachten aber ist ein Unrecht. Springt nicht gerade die Selbstverachtung oft mit Nachbarn und ihrem Wert verächtlich um? Weißt du das? Denke über dies alles eindringlich nach, dann blühst du vielleicht reicher wie zuvor. Noch ist für dich Ruhe das Nötigste. Glaube nicht, du könntest im Nu wieder die Gesündeste auf Erden sein. Fiebertorheit ist's. Wichtig ist, daß du dich deiner Krankheit bewußt bist. Höre auf, dich für beleidigt zu halten. Es ist schöner, ehrlos als mit Ehren vollbehangen zu sein, die nicht lieblich sind, ich meine, die nur auf dem Mißbehagen anderer beruhen. Niedrigkeit ist ja der Beginn jedes Aufstieges, und es gibt kein reicheres Gefühl, wie das ist, das der hat, der neues Leben vor sich sieht und bestrebt ist, es zu erreichen, was sich aber nicht im Handumdrehen tun läßt. Sei alles in allem artig, das ist schon viel, d. h. bedeutet weit mehr, als gemeinhin angenommen wird. Schon gefällst du mir ganz gut, ich bekenne es gern. Sagst du mir, du glaubst an mich, so rede ich dir meinerseits zu: Glaube fröhlich an dich selber. Somit leb' wohl!« Damit entfernte er sich, indes ihm die, die er besucht hatte, nachdenklich nachschaute. Sie faltete die Hände, betete und lächelte.

Der Massstab

Ein Mädchen verlor den Maßstab, ich hob ihn ihr nicht auf, mag sie ihn selber wiederfinden. Sie hat einen Galan, der ihr gewandt nachgeht, sie besucht, sie aber findet seine Besuche aufdringlich. Sein etwas abgetragener Bart flößt ihr Besorgnis ein; er trägt ihn auch eigentlich schon zu lang und ist Witlig, und das Witwertum trägt auch noch zur Abneigung bei. Wär' ich Fräulein Helgeli, so erhörte ich ihn, da das aber nicht der Fall ist, so beschränke ich mich auf Ermahnungen, und die lauten: »Nimm ihn.« Doch was nützen alle Ratschläge! Sie will mich und weiß nicht, daß ich anderwärts engagiert bin. Mich wollen zehn. Was für Aussicht besteht da für die eine? Wär' ich Fräulein Helgeli, die einen Sprachfehler aufweist, den sie mit in Berechnung ziehen sollte, so zög' ich den Musiklehrer zu mir, der jeden Augenblick käme, blickte nicht auf mich, der ich meinerseits auch den Maßstab verlor, den mir auch niemand aufhebt, den ich selber wiederfinden muß. Der Bartträger verlor wahrscheinlich sein Augenmaß auch, daß er auf Fräulein Helgeli zu blicken wagt, die ihn nicht zu sich einläßt, weil sie lieber mich einließe, obschon sie wissen sollte, wie sehr ich auf's Einkehren verzichte, da ich engagiert bin, wie es einem Gentleman ziemt. »Nimm den Bart. Glaubst du, es ließe sich mit Bärten nicht auch niedlich leben?« möchte ich Fräulein Weigeli zurufen. Sie hat kein Ohr und muß büßen. Sie verbringt ihre Nächte lieber einzig, als in geziemender Gesellschaft, und denkt nicht an den Maßstab.

Ich bin noch jung, mein Mund ist verwöhnt, mein Herz besetzt, und der Sprachfehler schreckt mich so gut von der Absichthabenden ab, wie sie sich von ihres Liebhabers Bart abspenstig machen läßt. Sie verstößt ihn, weil er Witlig ist, ich verstoße sie, weil sich das für mich schickt, der noch anderswo ankommt. Ich küsse gern etwas Junges, er auch, sie auch und alle andern auch. Bin ich es, der die Naturgesetze schuf? Ich wäre stolz auf solche Leistung, deren ich mich nicht rühme. Fräulein Bäldeli sollte in Bälde den Alten barmherzig aufnehmen, er schmachtet nach ihr, ich nicht, folglich bin ich nicht der, auf den es ankommt. Statt ihr Glück darin zu sehen, den Harfenisten zu befriedigen, erblickt sie's in vergeblichem Wähnen. Daß doch viele von uns einem Wahne nachjagen. Diese Erkenntnis liegt schwer auf mir, hindert mich aber nicht, Fräulein Zeltli zu bedauern, wie sie wieder ihrerseits den Flötenisten bemitleidet, wofür ich jede Verantwortung ablehne. Hoffen hat etwas Beleidigendes. Hoffnungslose Liebe ist die stolzeste. Fräulein Geldli hofft umsonst, mich mit ihrem Geld zu locken, ihr Verehrer macht ihr nutzlos den Hof, und ich klimpere, wenn es Abend ist, der Palast märchenhaft erleuchtet, worin diejenige wohnt, deren Lächeln mich betört, erfolglos auf meiner Mandoline. Bescheidenheit ist eine Zierde, die das Glück schmückt, dazu gehört der Maßstab. Glücklich, wem er nicht aus dem Kopf schlüpft.

Er war auf Tage, ja auf Wochen hinaus mit einem Kopfnicken zufrieden; auch brauchte er nicht einmal das, ihre Erscheinung schon machte ihn glücklich, und das Glück machte ihn stark. Er besaß Phantasie, kannte nicht einmal dem Namen nach seine Geliebte. Nur hin und wieder sah er, wie sie schön war. Ist einer ernst, verzichtet er mit Vergnügen auf jedes Vergnügen. Er besaß Talent, Unterhaltungsgabe, war ein lebhafter Plauderer. Die Liebe machte ihn mit einmal anders. Das Vergnügen besaß keinen Schimmer, keinen Reiz mehr für ihn. Zufällig lernte er jemand kennen, der ihm sagte, wo sie wohnte. Von nun an ging er jeden Abend an ihrem Hause vorbei, ohne sich Rechenschaft abzulegen, was er damit wollte. Einmal traf er sie allein, aber er wäre nicht fähig gewesen, sie anzureden, obschon er Lust genug dazu hatte. Er wurde bei ihrem Anblick schüchtern, wie er sich's nie dachte. Der Respekt vor ihr war zu groß, als daß er ein Wort über die Lippen gebracht hätte. Er fing an, unter dem Eindruck, den sie auf ihn machte, zu leiden, brachte es aber nicht fertig, das zu bedauern. Eines Tages sah er sie in einen Kino gehen; er fand es süß, zwei Stunden lang am Eingang stillzustehen, bis sie herauskam. Er dachte sich dabei nichts, er – liebte.

Wenn er sich die Frage vorlegte: Verdient sie meine Verehrung?, kam ihn einfach ein Lachen an. Geliebtes ist über jeden Versuch von Wertschätzung erhaben. Sie war jung, sprang wie ein Reh, und er, was tat er? Es fiel ihm nicht schwer, sie wie einen plötzlich erschienenen Gott anzubeten. Sie schaute ihn ein einziges Mal an, und nun stellte er sich immer diesen einen Moment vor und hielt sie um der Regung willen für die schönste

Seele. »Ich will sie fragen, ob sie eines Knechts bedarf«, sprach er zu sich. Mancher andere würde sie für ich weiß nicht was gehalten haben, ihm war sie fehllos in solchem Grad, daß er sich vor ihr unwürdig vorkam, aber diese Empfindung drückte ihn nicht, vielmehr war er beständig heiter, seitdem er sie sah. »Wie war ich bis dahin ohne wahre Freude«, glaubte er sich vorhalten zu müssen. Wie waren ihm die lieb, mit denen sie ging. Ihre Freundin schien einem kalten Beobachter ernster, für ihn aber gab es keine Ernstere als die, die ihn überwand. Nie sah man ihn so still und freundlich. Er aß nicht und war gesättigt, ging schlecht gekleidet und kam sich adlig vor. Übrigens hätte er mit jeder Beliebigen von ihr reden mögen. Die Erstbeste schien ihm wert, ihr an den Hals zu fallen und sie zu bitten, ihm nicht zu zürnen. Er glaubte sich allen andern Mädchen gegenüber in einem Unrecht. Nie war er so wenig fröhlich und dennoch nie fröhlicher. Damit ist vielleicht ein Teil des Geheimnisses des Liebenden erklärt.

Er fand auch andere schön, aber keine so rührend, und weshalb das? Wohl deshalb, weil er schon vorher erschüttert war. Da gab es eine, die sich gleichsam vor ihm verneigte. Die da tat so was nicht, würde es nie tun, um so mehr, um so tiefer neigte sich sein Wesen vor ihr. Er hatte den Mut, unbewußt zu bleiben. »Wie leicht wär's mir, ihr zu imponieren, aber dann wäre sie nicht mehr sie, und ich nicht mehr ich, das wäre so schade«, stellte er sich vor. Keine zog ihn mehr an, aber er war für manche gerade darum anziehend geworden. Das erfüllte Herz machte ihn vertraulich, bescheiden. Noch nie fühlte er so viel Lust in sich, dienstfertig zu sein, jedem eine Gefälligkeit zu erweisen. Um die, die er liebte, schien ihm der Tod nicht hart genug, das Leben auf alle Fälle für ihn, dem es so viel Glück zuwarf, viel zu gut. Er sann nach, wie er es sich arbeitsvoller mache, und wünschte mit neuen Pflichten bekannt zu werden.

Acht Uhr

Früh auf den Beinen, warte ich die Achtuhrstunde ab. Berühmt ist sie; jedem ist ihre Bedeutung bekannt. Alle kennen ihre stille Unerbittlichkeit. Wie viele horchen nicht auf ihren Schlag; fangen an zu eilen, wenn er ertönt. In Restaurants wird aufgeräumt, Stühle werden auf Tische gestellt. Jetzt ist sie da, diejenige, die uns ernst stimmt, die uns erinnert, daß wir Pflichten zu erfüllen, Obliegenheiten zu erledigen, Arbeit zu bewältigen haben. Sie ruft auf Straßen und Plätzen eine Bewegung hervor, die höchstens der übersieht, der gewöhnt ist, an ihr teilzunehmen. Der Beobachter gerät ob ihr in Staunen. Ja, das ist sie, die Treibende, Zwingende, auf deren Ruf das Heer der täglich Arbeitenden aufmarschiert, Angestellte, Beamte, Schüler, Studenten, jung und alt, männlich und weiblich. Um diese Stunde öffnen Banken, Warenhäuser, Geschäfte aller Art, Schulen usw. ihre Büros, Stuben und Hallen. Industrie und Wirtschaft sind tätig, Fabriken fangen zu hämmern an. Jeder Weg ist belebt, jede Passage wird benutzt. Eisenbahnen und Elektrische befördern Leute dorthin, wo mancher von ihnen lieber nicht säße oder stände, aber was fragt Acht Uhr nach persönlichem Gefühl, Geschmack oder Belieben? Hier ist einer, der auf dem Weg zur Arbeit an das Gespräch denkt, das er vergangenen Abend mit seiner Frau, seiner Freundin, einem von seinen Bekannten führte. Die Einfälle, die er vorbrachte, fallen ihm flüchtig wieder ein; er freut sich ihrer oder ist unzufrieden damit.

Ein anderer hatte Unannehmlichkeiten, die ihn nun belästigen, er bemüht sich, die Erinnerung daran sanft oder unsanft abzuschütteln. Hoffentlich gelingt es ihm.

Unbehagen zu verdauen ist gesundheitswidrig. Ein dritter lächelt und legt damit den Beweis seelischen Gleichgewichts ab. Ein vierter denkt an Geldausgaben; der, der neben ihm geht, ans willkommene Entgegengesetzte. Kaum beachtet einer den andern, alle sehen sich schon mit ihren Aufgaben beschäftigt. Die Schuhe der meisten glänzen hübsch, die Mäntel sind gebürstet, die Gesichter gewaschen. Einige tragen Mappen. Andere werden sich, bevor sie von zu Hause fortgingen, gefragt haben, ob sie den Schirm mitzunehmen hätten. Dieser oder jener kam vielleicht nicht mal zum Frühstück.

Einige Minuten nach acht ist das Bild verändert. Die, die eilten, sind an Ort und Stelle; eine gewisse Stille macht sich in der Stadt bemerkbar. Das ist acht Uhr früh; eine andere Sorte von acht Uhr ist die Stunde des Beginnens von Konzert und Theater. Die zweite Art ist weniger unhöflich als die erste; sie ladet mehr ein, als daß sie befiehlt. Sie glitzert, während jene scheinbar ohne jeden Schimmer ist. Aber das Prächtige täuscht oft, indes uns die Befolgung dessen, was uns anfänglich hart vorkommt, zu Fröhlichkeiten führt, die wir nicht erwarteten. Acht Uhr abends wird auch geeilt, aber auf andere Art und in anderem Gewande. Man sieht feine Anzüge, verführerische Toiletten, erwartungsvolle Gesichter, die auf das, was Kunst und Gesellschaft bieten mögen, gespannt sind. Schön ist's, wenn jemand zu beiderlei Stunden gut aufgelegt und gesinnt ist, sie gleicherweise gutzuheißen als Verschiedenheiten, die sich ergänzen; bereit ist, zu leisten, wie zu vergessen, daß er sich anstrengte, beglückt zu sein vermöchte durch beides, von der Berufung wie vom Zerstreuenden, an dem einen gesundend und in einem ruhend wie im andern, indem er das Schwere nicht zu schwer und das Leichte nicht zu leicht nähme, das Nötige sich so angenehm zu machen wüßte wie das Schöne, bei Bemühungen heiter und im Genuß bedächtig bliebe.

Das Karussell

Ich steh' vor einem Karussell. Wie sich das um seine Achse dreht! Tut nicht etwas Ähnliches die Erde? Da sollte man nicht staunen, nicht für ein paar Minuten perplex sein? Die Musik ist romantisch. Wie verführerisch sie klingt! Sie wirkt auf mich beinah' wie Opium. Ich träume und weiß doch ganz genau, welch ungesunder Luxus das ist. Immer hübsch herum geht's, angenehm sanft. Wie wär's möglich, nicht Spaß daran zu haben? Kinder, so steht auf einem Schild oder Plakat geschrieben, zahlen zehn Pfennige. Erwachsene zahlen mehr, offenbar weil sie gewichtiger sind. Die Pferdchen schauen mutig aus, sind mit feinem Sattelzeug geschmückt. Es nähme sich drollig aus, wenn ein Mensch von Bedeutung sich darauf setzte. Häuschen drehen sich für sich rund herum. In einer der Chaisen zu sitzen, muß vergnüglich sein. Ein Vater tut's, nicht seinet-, aber der lieben Kinder wegen. Das entspricht durchaus der Würde und verträgt sich mit dem Anstand. Das Karussell ist mit Fähnchen, vielen Lichtern, samtenen Tüchern geziert, und all die Herrlichkeit spiegelt sich glitzernd im nassen Boden ab. So was will wahrgenommen sein. Ist eine Fahrt zu Ende, so steigen die Teilnehmer ab, indes sich an der nächsten Tour andere beteiligen. Das Karussell hat seine Geschichte. Schon unsere Urgroßeltern erfreuten sich dieser reizenden Erfindung, die ihre Anziehungskraft bis heute bewahrt hat und auch morgen noch nicht eingebüßt haben wird. Ich las einmal, Ludwig der Vierzehnte habe dem Vergnügen des Ringelstechens gehuldigt. Er tat das wohl, wie er noch jung war. Später suchte und fand er anderen Zeitvertreib, wie z. B. Molière zu beschützen, weil er vermutet haben wird, er verdiene es. Blickt man ein Karussell aus einiger Entfernung an, so meint man in ein Feenreich zu blicken, so hell sieht's aus. Es verdient wahrhaftig Beachtung. Zuerst wollt' ich ihm keinen Blick schenken, meine Verächtlichkeit tat mir aber leid, und zur Einsicht, daß ich erstgenannte abstreifte, und ein nettes Etablissement würdigte, wünsch' ich mir Glück. Ich sah nämlich ein, dies werde etwa eine Skizze. Wie man sieht, riet ich richtig.

Gartenwirtschaft

Stell' dir eine von Leuten wimmelnde Gartenwirtschaft vor. Der Garten ist zwischen Haus und Böschung ein wenig eingedrückt. Man kann sich einen größeren Garten denken als diesen, aber keinen belebteren. Ich steh' mitten drin, bin Figur unter vielen andern Figuren und trete vorsichtig an die Bierquelle. Vorsichtig? Ja, das stimmt, denn der Pfad durchs Menschengewimmel ist eng, Gesicht ist an Gesicht, Brust an Brust, und welche Menge von Hüten, ein wahrer Hutladen, darüber Kastanienblätter und an den Zweigen Lampions, die abends angezündet sein würden. Vorläufig ist's Tag, durch das Blätterwerk leuchtet es blau, Sonnenflecken hüpfen über die Gegenstände, in Augen schaut man, in deine auch, du wirst nichts dagegen einwenden. Jeder der im Garten Sitzenden hat etwas Eß- oder Trinkbares vor sich liegen, Bier, Sirup, Wein, Limonade, Würstchen werden aufgetragen und wecken Appetit.

Auf einem Tisch sind Lebkuchen ausgestellt. Ich frage ein Kind, ob es einen haben möchte; es sagt ja. Ich sehe, wie es ihn ißt. Nun zum Biersprudel, nach welchem zahlreiche Durstige ein nicht mißzuverstehendes Verlangen haben. Nach Gläsern muß sich jeder Trinklustige selber umtun und tut es gern. Hat er eins, so wäscht er's im laufenden Brunnen, verschafft sich Platz, dort, wo der gesuchte Stoff ausgeschenkt wird. Glas um Glas wird gefüllt; das gefüllte findet rasch Abnahme.

Der holländische Maler Jean Steen hat derartiges Wirtschaftsleben gemalt, indem er nämlich selber – wirtete, und darum wohl berufen war, Szenen, wie wir sie hier beschreiben, zu schildern. Ich statte auch dem Tanzsälchen einen Besuch ab; hier tanzen Burschen und Mädchen, ein Tanz kostet je zwanzig Rappen. Da sieht man grüne, blaue und rosafarbene Röckchen, glückliche, erhitzte Gesichter. Und nun erst die Küche! An solchen Tagen kann es in Wirtshausküchen nicht an beständigem Hin und Her, fortlaufendem Hantieren, Gabel- und Messergeklapper, Schinkenabschneiden und andern fröhlichen Bewegungen fehlen. »Trudi«, ruft jemand, »gib mir den großen Teller da.« Die Genannte scheint anderweitig in Anspruch genommen; so übernehm' ich ihre Aufgabe und reiche das Gewünschte dienstbeflissen ins Fenster. Für den Eifer dankt man mir nicht mal, so groß ist das Gedränge. Inzwischen erlab' ich mich an einem Stück Käs, das ich ruhig mit Senf anstreiche. Frauen, kleine Kinder, ein zierliches Abwaschmädchen und, nicht zu vergessen, die Konzertkapelle, die mit hellgelbglänzenden Instrumenten u. a. den Winkelriedmarsch bläst und dafür Beifall erntet. Das Schönste von allem ist, wie alles sich lebhaft vermengt, allen Gestalten ein Freudeschimmerchen anhängt. Ein Glücksrad hängt an einem Pfosten. Wer möchte nicht ein paarmal im Lebenskreis probiert haben, das Glück zu erringen? Glücklich sein ist schön! Ein Kindchen, das mir bis ans Knie reicht, träppelt die Treppe hinauf. »Gib mir's Händchen«, sag' ich ihm und führ' es herauf und denke dabei, ich eignete mich nicht übel zu einem Vater. Dann spazier' ich auf bekanntem Weg behaglich heim.

An eine Kabarettkünstlerin

O, große Kabarettistin, wie lieb' ich dich, aber sag' ich dir die Wahrheit, lieb' ich dich von Herzen, führte mich nicht vielmehr das liebende Herz zu dir, an die dicht am buntherumsitzenden Publikum liegende Bühne heran, von wo herab du mir mit der harten Stimme der Sprecherin Unverschämtheiten sagtest. Anfangs stießest du mich ab, bald aber mußt' ich dich bewundern; ich tat es mit einer Freude, die du mir ansahest. Du freutest dich, daß ich dich erträglich, ja, auf eine gewisse herbe Art schön fand. Nein, du bist nicht schön; Sanftere, als du, sind schön. Zwar fand ich deine Frisur prächtig und zugleich lächerlich, dein Gesicht schrecklich und wieder zutraulich. Als ein Bürgerlicher kam ich zu dir, der in der Kunst Erholung sucht; du gabst sie mir, und dafür beschenkte ich dich mit Rosen, womit ich tat, wozu mich die ruhigste Empfindung der erheiterten Seele trieb. Du Starke holtest aus mir und dem Augenblick, der mich umgab, den ich vertrat, so spontan Bewunderung heraus, wie es nur das Genie vermag, das überall erscheint, unter jederlei Umständen und in allerlei Gewand. Dieses machte mich halb lachen, halb kopfnicken, ich war so lustig durch dich gestimmt. Du standest so unpoetisch auf der Bühne, derb, gleichgültig um feinere Linien, daß nun dem, was du sangest, alle an dir gebrochene Schönheit zugut kam und der schallende Mund allein geltend wurde, weshalb ich dich als echte Sängerin pries. Ich sollte dich verehren, ich tu's auch, doch nicht liebend, sondern bloß anerkennend. Ich sank dir, arme und doch auch reiche Künstlerin, von Fröhlichkeit überwältigt, in die Arme, und um deines Gestaltungstalentes willen streichelte ich dich, indes du mich mit breitem Spöttermund nachsichtig anlachtest.

Ob ich dich küßte? Nein! Aber rühmen will ich dich, in geringem Rahmen eine Bedeutende, eine, die nach Mißachtung oder Beliebtheit nicht fragt, die ihr Plätzchen ausfüllt, daß man sich im Vergnügen des Hörens ein Beispiel nimmt. Ich erwies dir nicht aus Mitgefühl Artigkeiten, und ich gestehe dir, daß ich stolz auf die Unbefangenheit bin, in die ich dich mir gegenüber setzte. Ich machte dich behaglich; das amüsierte mich, weil ich dich darüber staunen sah. Du stelltest dir den furchtsam vor, der dir ähnelt. Bleibe, was du bist, ich bleibe es auch.

Erwin

Eh' er geboren wurde, war Erwin eine Welle, und ergötzte sich am Auf- und Niedertanzen. Seine Eltern waren achtbar und wohlhabend, worüber er allerdings keinen Aufschluß gab, da er noch auf den Armen getragen wurde und der Sprache noch nicht mächtig war. Er lallte mit größerem Talent, als man ahnt, und er wunderte sich über die liebevolle Behandlung, die man ihm zuteil werden ließ, nicht im geringsten. Ob er im fünften Jahr bereits Weltauffassung nebst der Gabe der Kombination besaß, bleibe unentschieden.

Im entsprechenden Alter ging er wie andere Knaben mit einem Schulsack am Rücken folgsam zur Schule, deren Gestalt und Geist ihm Respekt einflößte, weshalb er kaum den Mund aufzutun wagte, was für den Lernenden nachteilig sein mußte. Als die empfindsame Hochachtung sich etwas gelegt hatte, wurde er zutraulich, lernte mit Eifer und bildete sich zum guten Schüler aus, abgesehen davon, daß er im Singen sozusagen versagte, was er tief bedauerte. Er hatte Taktgefühl genug, sich zu sagen, der Gesanglehrer tue ihm leid, daß er sich mit ihm umsonst abmühte. Er lernte Kameraden kennen, schloß Freundschaften. Einer seiner Mitschüler sprach bereits mit einer so männlich klingenden Stimme, daß ihn Erwin einfach bewunderte; zugleich zwang ihn etwas, über denselben zu lächeln, er wußte nicht, warum. Herrlich war's, auf der Neuquartierstraße Damen zu grüßen, in ein Zigarrenlädeli zu treten, worin ein Mädchen mit fremdartigschönem Gesicht diente, oder zu Erdbeertörtchen eingeladen zu werden, wobei es interessant war, zu versuchen, sich nett aufzuführen, was leider bei unserem Helden nicht immer der Fall war.

Bei Spielen war er bald erster, bald letzter, mitunter auch mittelmäßig. Er sah ums Elternhaus Schwalben fliegen; das väterliche Geschäft war voll anmutiger Waren, er stand so und sann, was das Leben bedeute. Tat er das wirklich? Aber weshalb könnte das ein Knabe nicht tun? Im Walde dicht über der Stadt wurde Räuberlis gespielt; wie entzückten ihn die Tage, die er im Grünen verbrachte, zwischen Eichen und Tannen, abends dann heiß vom Spiel ins Bett ging, ohne daß er dachte, wieso denn eigentlich immer ein Bett für ihn bereitlag.

Während der Ferien zog die Familie in die Umgebung in ein Landhaus. Er erinnerte sich noch nach Jahren an ein blauangestrichenes Wägeli, worin er Brot aus der Stadt holte oder womit er und seine Geschwister eine steilabfallende Wiese herabfuhren. Es gab, um dieses Vergnügen zu bezeichnen, keinen andern Ausdruck, als jubeln und lachen. Glückliche beschreiben ihr Glück nicht; sie erleben es. Ein Wespennest darf nicht unerwähnt bleiben. Erwin guselte so lange darin, bis die Bewohner sich für sein Interesse rächten und er eine Auszeichnung mit nach Hause trug, auf die er dann sogar noch stolz war. Harmloser gestalteten sich Schmetterlingsjagden. Eines Tages fiel sein Bruder in einen Froschweiher. In der Annahme, es zieme sich, daß sich jeder womöglich selber helfe, überließ er ihm, sich selbst aus der Unannehmlichkeit zu ziehen. Später beklagte er den früh in ihm entwickelten Hang zur Unanteilnahme lebhaft, doch was ließ sich da tun?

Der Mann bei den Blumen

Eines Abends schritt ein beliebiger durchschnittlicher Mann mit bedächtigen, beinahe eleganten Schritten gegen die Anlagen, um sich dort zu erholen. Er war in tieferen Gedanken, als man denken sollte, und daß das Lied vom braven Mann nicht auf ihn paßte, daran war er unschuldig. Er kam zu einer Gesellschaft von Blumen, die hier in reizvoller Unordnung gediehen, und sprach zu den buntfarbigen lieblichen Geschöpfen folgendes:

»Ist es möglich, daß Daubier vor euch Worte findet, und ist es denkbar, daß diese Worte geziemend wären? Etwas an und in mir scheint nicht recht in Ordnung. Um es euch zu gestehen: Ich habe anvertrautes Geld veruntreut. Komme ich nach Hause, so muß ich in Gesichter blicken, deren Augen ich lieber vermiede, weil sie mich auf unangenehme Art nach dem Stand meiner Angelegenheiten ausfragen. Begreift ihr, daß ich lieber bei euch bin? Ihr schüttelt eure Löckchen. Daubier, möchte ich zu mir sagen, paß auf, du wirst poetisch. Einige von euch sind langstielig, andere klein, alle seid ihr lieb; aber was wollte ich euch fragen? Meine Frau glaubt die Betrübte spielen zu müssen. Claude, mein Sohn, ist moralisch. Germaine, Jeanne und Louise, meine Töchter, ahnen nichts, ich kann mich aber ihnen nicht anvertrauen wie euch, die ihr lächelt. Ihr scheint zu fragen: ›Was willst du bei uns? Du bist uns nichts, du bist ein Alltagsmensch.‹ Dabei sehe ich aber doch, wie eine von euch sich vor mir verneigt, oder wäre es nur der Wind, unter dessen Hauch sie sich bewegt, daß es aussieht, als grüße sie mich? Als ich herankam, wagte ich euch kaum nahe zu treten, tat es aber dennoch, obgleich die Buchhaltung, die ich führe, nicht stimmt und mein Chef, Herr Philippaut, gebieterisch Aufklärungen fordert, und obschon das Lied vom braven Mann nicht auf mich gedichtet ist, was ich bedauere. Kann sich übrigens Daubier mit Blumen unterhalten? Wie es scheint, ja, und wie es andererseits scheint, nein, denn er stockt, seine vielen Gedanken verhindern ihn, zu denken. Wüßtet ihr, wie sehr ich unschuldig bin! Das Anvertraute lief mir in die Finger...! Warum gibt es Kassen, die revidiert werden müssen? Ich bin außerstande, zu fassen, wie es kam, daß ich ein anderer wurde als der, der ich einst war. Etwas muß geschehen!«

An dieser Stelle hielt der brave Mann, auf den das berühmte Lied leider nicht gedichtet worden zu sein scheint, inne, ging einigemal an den Blumen, die ihm sanft zunickten, auf und ab und faßte hierauf einen Entschluß. Er ging nach Hause, wo diejenigen wohnten, die Ähnliches ihm sagen konnten wie Gretchen in der letzten Szene zum Doktor Faust.

Bei diesem Gedanken lächelte er. Er muß wohl sonst ein ganz netter Mensch gewesen sein, der Daubier. Aber welche gescheite Mensch sucht bei Wesen Verständnis, die bloß nicken und sich wiegen, und auch das nicht einmal selbständig, die sich dem leisesten Druck fügen, die schön sind, die Augen und Mund zu haben scheinen, die in unempfundener Seligkeit schön sind? Wer anders täte so etwas als ... Daubier.

Seht, jetzt geht er. Könnte aus diesem Daubier nicht eine ausgezeichnete melodramatische Figur gemacht werden? Wir wünschen ihm zur Auseinandersetzung mit den Seinen Glück und empfehlen diese feine, gewiß etwas krause Geschichte der Gnade der Leserin.

Warum reise ich gerne? – Antwort auf eine Umfrage

Zum Reisen gehört Geld: das wird niemand in Abrede stellen können. Schon das Einlösen der Eisenbahnfahrkarte, die Koffer, Kleider! Ohne zu bezahlen, würde man zu Fuß reisen müssen, aber die Schuhe nützen sich ab. Auch ein billiger Wanderer darf nicht mit leerem Portemonnaie in die Welt hinausziehen. Ich erinnere mich, einmal zu einer Autoreise eingeladen worden zu sein, bei welchem Anlaß ich mich mit einem reizenden Akazienwald bekannt machte. Eisenbahnfahren macht leicht ein wenig verträumt, fahrlässig, leichtsinnig. Gibt es etwas Gesünderes, als das angenehme Gefühl zu haben, man werde von einer treibenden Kraft getragen? An Bahnhöfen anzukommen, die man noch nie sah, wirkt erfrischend. Neue Umgebungen bringen in uns selbst Neuheit hervor. Unbekannte kommen sich gediegen, Unauffällige rechtschaffen vor. Ich glaube, daß die meisten Menschen, die zu ihrem Vergnügen reisen, die Einbildung haben, sie seien harmlos wie Kinder. Das Hotel, worin man einkehrt oder absteigt, scheint eine schöne, achtungeinflößende Freundin zu sein. Ein Hotelzimmer scheint zugleich unterhaltend zu plaudern und auf wünschenswerte Art zu schweigen. Gasthäuser zeichnen sich durch Unparteilichkeit aus. Jetzt kommen Berge, die man besteigt, an die Reihe. Ein solcher Berg hat immer etwas Lusthaushaftes oder etwas Sattelähnliches, das Aussicht verspricht. Letztere bedeutet Heiterkeit. Gleitet man in einem Boot über einen wie ein Seidengewand ausgebreiteten See, so stellt sich ein gewisses Glücksmaß wie von selbst in der Seele ein, die von kühler Seeluft umlächelt wird. Auf einer Reise werden rasch Bekanntschaften gemacht, weil man überall als der Fremde auftritt, den man, weil man ihn nicht kennt, gern kennenlernen mag. Mit manchem, mit dem man schon häufig sprach, spricht man weniger gern als mit einem zufällig in den Gesichtskreis Tretenden. Einer, der reist, erscheint uns hübscher, schöner, kräftiger, reicher, klüger, liebenswürdiger, anheimelnder als einer, der uns als Figur längst bekannt ist. Fremdheit führt zu Vertrautheit, Bekanntheit zu Entfremdungen, womit ich einen Reisewesenspunkt berührt zu haben meine. Einheimische kommen uns knauserig, Reisende freigebig vor, und in der Tat machen uns Abwechslungen gütig, indes wir uns in den Einförmigkeiten mitunter verschließen. Angesichts der Offenheit der Welt öffnen wir uns selbst. Das scheint mir eine Folge zu sein, und wie schön ist's, daß uns Städte, die wir zum erstenmal sehen, bedeutend, gutherzigkeitsfördernd anmuten. In einem fort durch ein und dieselben Straßen gehen zu müssen läßt das Herz herzlos, den Menschen alltagsmenschenmäßig werden. Des Reisenden Gewinn scheint mir auf der Unalltäglichkeit zu beruhen, die er mühelos erwirbt. Er hält sich für willkommen, und er irrt sich in dieser Meinung insofern nicht, als er aussieht, als erquicke ihn, was er tut. Nett findet man den, der sich selbst nett findet.

Der Kanal

Durch eine freundlich gelegene Landschaft zieht sich ein künstlich erweiterter Fluß, dessen Breite ungefähr zwanzig Meter messen mag. Der Kanal ist zu einer Zeit hergestellt worden, als man seiner wegen mancherlei Uferübertretungen bedurfte. Heute kommen keinerlei Wasserverheerungen in der Gegend, über die ich mit Vergnügen spreche, mehr vor, worüber die in Frage kommende Bevölkerung froh sein kann. Dem Schöpfer der bedeutsamen, wohltuenden Korrektur ist nach seinem Ableben in einem hierfür geeigneten Städtchen, nämlich an Ort und Stelle, wo er aufwuchs und sich in der Schule Kenntnisse erwarb, ein sein Bildnis vorweisender Erinnerungsstein gesetzt oder anerkennungsvoll und dankbar errichtet worden. Erwähnte Ortschaft gehört mit zur Nachbarschaft, indem sie der Mittelpunkt des in Betracht fallenden Kreises ist. Was das Wasser des Kanals betrifft, so fließt oder eilt es weniger pfeilschnell als bloß mit verhaltener, d. h. mäßiger Raschheit seiner Bestimmung entgegen und läßt an Sauberkeit und Klarheit nicht viel zu wünschen übrig. Ich weiß nicht mit Bestimmtheit, ob man sich dafür interessiert, daß ich mir gestatte, vorzubringen, daß hie und da Nußbäume am Rand wachsen, der sich sehr zum Spazierengehen eignet. Links und rechts vom nassen Wasserweg, über den Mücken und Vögel hinschweifen, befindet sich je ein schmales Sträßchen. Auf beiden Seiten liegen Wiesen und Felder, die sich, wie man zu sagen pflegt, weit ausdehnen. Hier kann man ungestört gehen und denken und ganze Vor- und Nachmittage verpromenieren, als sei man ein Besitzer gediegener Renten, was als eine Art Anspielung harmlos am Platz sein darf. Fruchtbäume zieren die Ebene, und in einer Entfernung von zwei Stunden stehend, wird der Kanal von einem Gebirgszug parallelisiert, dessen felsige Abhänge zart schimmern, als handle sich's um eine Tapete oder Garnitur. Abende sind am frauenhaft weich und artig fließenden Wasser, wie man sich leicht vorstellen kann, schön, und dann führt ja auch die eine oder andere Brücke über das spiegelblanke, schlanke Naturschauspiel, als welches man mir vielleicht erlaubt, ihn zu bezeichnen, den ich wie eine reizende Erscheinung liebe, die mich dann und wann beglückt hat.

Der Wald

Sie trug langes Haar, die eines Sonntagnachmittags im Wald umherspazierte, an dessen Rand ein Restaurant lag. Von Zeit zu Zeit überlegte die Lustwandelnde, welche Richtung sie einschlagen, oder ob sie sich lieber auf den einladend-weichen Boden setzen solle. Allerlei Gedanken bemächtigten sich ihrer. Unter anderem überschaute sie ihren bisherigen Lebenslauf. Wie sonderbar die jetzige Sekunde war! Der Moment, den sie hier unter den Nadeln oder dem Laub der Bäume erlebte, kam ihr sonnig und zugleich dunkel, fast würde ich haben sagen mögen, nächtlich-schwarz vor. Wohin verflüchtigten sich ihre Hoffnungen, und woher kam anderseits das Licht des Vertrauens her, wovon sie sich umschlossen sah? Etwas Wonniges leuchtete vor ihr, und wieder kämpfte sie mit etwas Schwerem, derart, daß sie die Hand auf die Brust legte, wie wenn sie ihr Herz zu beschwichtigen versucht hätte. Denkbar bescheiden sah das Kleid aus, das ihren Körper umhüllte. Ihre Seele weilte noch im Restaurant, dessen Musikklänge ihr Ohr erreichten, das mit Flaum verziert war. Dort im Vergnügungsgarten war sie neben ihrem Verehrer bei einer Tasse Kaffee und einer Portion Kuchen nebst Schlagsahne gesessen und hatte sich in die Idee eingesponnen, ihr Ziel erreicht und die Probleme bezüglich ihrer Person gelöst zu haben. Doch nun stand sie allein unter den Zweigen, und die Frage, weshalb sich dies so verhielt, schien unbeantwortbar zu sein, da das Denken in ihrem Kopf wirr und bunt durcheinanderging. Allem Anschein nach hatte er sich nicht nett benommen. Zweifellos hatte er sich veranlaßt gesehen, vom Tisch, woran sie saß, aufzustehen. Derartiges kam öfters vor. Auch sie erfuhr die Gleichgültigkeit, und was in dieses

Kapitel gehört, und jetzt rezitierte sie, sich mit Hilfe ihrer Unbefangenheit zur silberblauen und traumgrünen Waldluft in eine poetische Beziehung setzend, folgendes Gedicht:

Unnütz bin ich und verkannt,
schaue hier ins Unerreichte,
in das Reizende und Leichte,
das mir schmeichelt und mich bannt.

Was es, das ich schön hier finde,
könnte sein, versteh' ich nicht.
Holde Düfte, leise Winde,
angenehmes, mildes Licht.

Bald ist mir, ich möchte wandern,
schreiten mit dem flinken Bein,
bei dem einen oder andern
hübschen Gegenstande sein.

Rascher aber, als ich denke,
flieht mein Wunsch im Flug dahin.
Ich mich zu mir selber lenke
und mit mir zufrieden bin.

GEDICHTE

Baden

Allgemein ist man der Ansicht,
baden sei nicht nur gesund,
sondern obendrein ergötzlich.
Sag' ich, baden kann nicht schaden,
werden sehr wahrscheinlich manche
herzlich gerne recht mir geben.
Wie ich glaube, ist von jeher
eifrig schon gebadet worden,
beispielsweise von den Römern,
die im Bauen von bequemen
Badeanstalten und so weiter,
sich als wahre Meister zeigten.
Auch sowohl Ägypter, Griechen,
wie die alten Mexikaner
huldigten der Badefreude.
Will ich eben Ausgesprochnes
auch nicht felsenfest behaupten,
setz' ich's immerhin voraus.
Baden liegt ja üb'raus nahe,
namentlich im Sommer, wo man
dringend Abkühlung benötigt.
Einst regiert' ein Großherzog
in dem Lande, das denselben
Titel trägt wie dies Gedicht.
Baden kann aufs angenehmste
teils mit Ruder-, andernteils mit
Angelsport verbunden werden.
Badet man mit Frau und Kindern,
nun, so hat die Sache einen
Anstrich von Familienleben.
Abbildungen legen dar,
daß man auch im Mittelalter

baden schon zu schätzen wußte.
Selbstverständlich wird, wer badet,
um nicht Ärgernis zu wecken,
sich entsprechend kostümieren.
Welcher halbwegs ernste Mensch
wär' imstande, sich der Mitwelt
unverhüllt zu präsentieren?
Solches tut ein Insulaner,
der von feinerem Empfinden
völlig unberührt geblieben.
Europäer, die sich auf der
Spitze der Kultur bewegen,
tun so etwas nie und nimmer.
Nacktheit ist ja ganz gewiß
an und für sich was Famoses,
doch man soll's nicht übertreiben.
Stell' Dir vor, wenn jedermann sich
möglichst viel erlauben dürfte,
was dabei zutage träte!
Daß sich Baden auf das etwas
heikle Wörtchen Waden reimt,
merk' ich nicht ohn' ein'ges Staunen,
und ist sicher sehr bezeichnend
für den Liebreiz und die Anmut
unsrer guten deutschen Sprache.
Baden kann man wohl zu allen
Tages-, doch nicht Jahreszeiten,
mind'stens nicht in offnen Wässern.
Wer sich im Dezember noch mit
solchem Sport befassen kann,
dem fehlt's offenbar im Kopfe.
Wasserscheue Leut' hingegen
haben ohnehin schon keine
allzu große Badelust.

Untertauchen in das liebe,
kühle, feuchte Element,
wird als Hochgenuß empfunden.
Nach genoss'nem Bade fühle
ich an Leib sowohl wie Seele
mich in hohem Grad ermuntert;
bin um vieles wieder jünger,
flinker, leichter und geschmeid'ger,
mithin wieder ein'germaßen
leistungsfähig. Über Baden
ließe sich noch manches sagen,
wäre leider nicht soeben
mir der Faden ausgegangen,
was mich zwingt, mich zu empfehlen.

Das Ruheplätzchen

Geh' nur dorthin, es ist dort alles
ganz leicht, ich meine, wenn Du dort bist,
genügst Du Dir, hast an Dir selber
fortwährend Freude. Alles Gute
ist in und neben Dir, und rings
ist's hell, und auch Du selber bist es,
derart, daß Du nur immerfort
mit Dir und mit der Welt zufrieden,
und mit dem Leben einig bist.
Dort ist die Erde grün und braun
und teppichweich, und wünschest Du
Dir Blumen, nun, so glaub' ich, daß sie
gewiß auch dort gedeihn, und daß auch
der blaue Himmel dort nicht fehlt.
Singvögel zwitschern in den Zweigen,
und Stühl' und Tische stehn herum,
damit Du auf ein Blatt Papier,
hinzeichnen kannst, was Du empfindest,
falls Du zu solchem Zeitvertreib
Lust hättest. Schöner aber wird's für
Dich sein, zu ruh'n und bloß zu sinnen
und träumen und Dich nichts als wohl
zu fühlen. Geh nur hin. Das Plätzchen
ist leicht zu finden. Wenn Du wünschest,
so kann ich Dich ja hinbegleiten;
Wir können dann zu zweien uns
am Lieblichen erfreuen und uns
zusammen satt am Schönen schauen,
Du mußt Dich nur mir anvertrauen,
Gewiß begegnet Dir dort nur
Erwünschtes und geschieht uns nichts,
als was uns glücklich machen kann.

Der Garten

Ich sah wohl neulich einen Garten,
Darin sich allerhand kuriose
Gewächse fanden, wie zum Beispiel
die Treue, die bekanntermaßen
nicht g'rade überall gedeiht.
Auch gab es eine bunte Reihe
von Tugenden, wie Fleiß und weiß
der Kuckuck was. In einer Ecke
stand unermüdliche Geduld,
ein knorriges und kräft'ges Bäumchen,
an und für sich gewiß in hohem
Grad schätzenswert. Ich blickte weiter,
da wuchs der immergrüne Mut
und dicht daneben jene Liebe,
die niemals welkt, und jene Art
Hoffnung, die nimmer altet, sah dann
den frohen, unverletzten Glauben,
und ganz versteckt, daß man sie kaum
wahrnahm, die reizendsten Gedanken.
Ausdauer und Bescheidenheit
blühten zu meiner nicht geringen
Verwund'rung ziemlich reichlich, doch
was will uns der Autor mit diesem
seltsamen Garten, was versteht er
darunter? Denkt er etwa an die
Pflege des Edelsinns im Menschen?

Der Winter

Wie ist der Winter hart und rauh
und barsch und kalt, doch handkehrum
hat er gewiß auch etwas Gutes.
Die Bäume alle sind jetzt kahl
und nackt und strecken spitz'ge Äste
in graue Luft, und Mäntel, Mützen
erweisen sich nun äußerst dienlich,
und Näschen werden rot vor Kälte,
und kleiner Kinder dünne Ärmchen
und Hände werden blau, und Finger
erfrieren öfter schier, das Schnupftuch
wird häufiger gebraucht als sonst.
O, wie ist es weit und breit von Frost
erstarrt und klirrt! Ja, ja 's ist bitter
im Winter, aber hinter allem
dem blüht die Hoffnung, daß es doch nicht
so lange dauern kann, und daß es
auch einmal wieder Frühling wird
und wärmer und behaglicher
und reichlicher und schöner. Warte
du nur und füge dich und schmiege
dich, denn mit gutem Willen ist
viel auszuhalten. Herrlich ist's ja,
sich selber zu besiegen lernen,
und eben dazu gibt der Winter
uns Anlaß; wär' es immer weichlich
und zart und angenehm um uns,
so würden wir am Ende schläfrig
und träg' und dächten bald an gar nichts
Höheres mehr. Vergiß nicht, daß du
beseelt, beherzt sein sollst! Von allem

Schönen ist unser Inneres
das Schönste; laß nur Wälder, Felder
kahl sein, wenn's nur dein Herz nicht ist.

Poet und Mädchen

Ein Dichter sprach zu seinem Mädchen:
»Du weißt ja, ich bin ein Genie
und kann daher unmöglich anders,
als zwecklos in den Tag hineinleben.
Das tat noch jeder, der zu was
Höherem sich berufen fühlte.
Für unserein schickt es sich nicht,
strebsam und arbeitsam zu sein,
das überlassen wir den Bürgern.«
Hierauf erwiderte das Mädchen:
»Bist du denn mehr als irgendeiner?
Schäm' Dich doch solchen dreisten Stolzes.

Wenn Du ein wirklicher Poet bist,
so lies mir vor, was Du geschaffen.
Das Märchen von dem Schicktsichnicht
erzähl' nur lieber einer andern.
Hochmut, verweg'ne Redensart
machen den Dichter noch nicht aus!«
Er zeigte ihr sein neuestes
Gedicht und sagte: »Daran schrieb ich
vier Wochen.« – »Was«, rief sie, »vier Wochen?«
Sie las, und als sie fertig war,
lacht' sie ihm ins Gesicht, und das
Gedicht warf sie ihm vor die Füße:

»Das sind ja abscheuliche Verse,
und der, der sie geschmiedet hat,
geh' augenblicks mir aus den Augen.«
Da war der Dichter ganz geknickt,
fuhr mit der Hand sich durch das Haar
und sagte: »Nimm es mir nicht übel«,

und gab ihr einen Kuß und steckte
das Dichten auf, griff zu 'nem tücht'gen
Beruf und wurd' ein wackrer Mann,
und beide waren sehr zufrieden
und liebten sich, bekamen Kinder
und taten nichts, als was gescheit ist.

FRAGMENTE

Fragment ohne Titel (I)

Ich würde, wenn ich in die Schweiz reiste, sehr wahrscheinlich zuerst in Basel aussteigen, in einem Hotel übernachten und am andern frühen Morgen eine Fußwanderung über die Juraberge antreten. Die Jahreszeit sei Herbst, bilde ich mir ein, und meine Laune sei eine präsentable. In Wirtshäusern auf's Mittagessen warten ist köstlich. Ich würde mich mit Wirtinnen und, wo solche vorhanden wären, mit Wirtstöchtern auf's beste unterhalten, bis das Essen herankäme, und hernach würde ich mich wieder auf die Beine machen. Die abendlichen Täler werden durchschweift. In den Nächten, die hoffentlich recht kühl sind, schimmern die Sterne, und ich würde an die Großstadt denken, indem ich so zu Fuß durch die Dunkelheit wanderte, die mir sehr groß und schön erscheint, wie alles, was man nicht deutlich sehen und verstehen kann. Am hellen, warmen Mittag würde ich unter einer Tanne, Buche oder Eiche Rast halten, indem ich mich ins Moos oder Gras streckte. Ausruhen ist so süß, aber es setzt vorangegangene Anstrengung voraus, wie es denn überhaupt in der Welt nichts wahrhaftig Gutes gibt, ohne daß Schlimmes hat müssen überwunden werden. Aber wo bin ich? Wandere ich denn jetzt eigentlich? Wie?

Fragment ohne Titel (II)

Seltsam sind die verschiedenartigen Plätze im Theater, über all welche eine Decke sich wölbt, an welcher ein großer strahlender Kronleuchter niederhängt. Da kommt die ganze große, unwiderlegliche Seltsamkeit zum Ausdruck, das Gesellschaftsrätsel, das Rätsel des

Lebens. So einfach auch der Gedanke ist, daß der Mensch gleich ist, so hat er sich doch von diesem ihm scheinbar viel zu schlichten Gedanken abgewendet und hat sich nicht eilig genug ungleich machen können, was die Plätze eines Theaters deutlich aussprechen, hier oben haben wir die Galerie oder den vierten Rang, den das gebildete und ungebildete Proletariat besetzt, welches man gemeinhin Volk nennt. Wie sonderbar ist das. Der Gedanke liegt nahe, der die Frage aufwirft, ob so etwas unaustilgbar sei? Wird es immer wieder Galerien, vierte Ränge und Angehörige des Proletariates geben? Weiter unten gibt es schon etwas bessere und bequemere Sitze, und hier sitzt ein besseres bürgerliches Publikum. Oft aber, so denke ich mir, sitzt oben bei den Schlechten und Viertkläßlern ein König, vermummt in das Gewand eines Bettlers. Das ist immerhin denkbar, und ich finde, dies ist ein schöner Gedanke. Der zweite Rang blitzt schon ein klein wenig von unverkennbarer Vornehmheit. Hier können höhere Staatsbeamte Platz finden und nehmen. Doch der erste Rang, der strahlt, wie wenn er aus eitel Gold und Silber wäre, und das trifft auch zu, denn hier sind reiche Leute postiert, die einen vergnüglichen Abend mit Goldstücken auslegen und verbrämen können. Hier prunken oft Schwindler und Gauner, die sich in ein köstliches Aussehen kleiden, um Schmach und Schande zuzudecken. Doch wir wollen nicht zu phantastisch sein. O wie schön und reich erscheinen hier manche Frauen, die Mienen zur Schau tragen, als wenn ihre Ehre und ihre Seele nie einen Stich erhalten hätte, und doch weinen oft, in sich selbst gekehrt, diese Seelen. Doch wir wollen weiter gehen in der Besichtigung

[bricht hier ab]

Duse (sanft und groß): Wer sind Sie, mein Kind. Was wollen Sie? Sind Sie zu mir gekommen, um mir zu sagen, daß Sie mich bewundern? Ich bin nicht bewundernswert. Oder kommen Sie, vom Neid getrieben? Ich bin weder glücklich noch beneidenswert.

Das junge Mädchen: Sie sind groß.

Duse: Es zeugt von Größe, sich jemanden groß vorzustellen. Wie denken Sie über dieses Wort, d'Annunzio?

d'Annunzio: (lächelt matt und angegriffen)

Das junge Mädchen: Mich hat Liebe zu Ihnen hierher geführt, und wenn Liebe etwas Großes ist, so ist es etwas Großes, das mich zu Ihnen getrieben hat. Doch bin ich wiederum so klein und so verzagt, daß ich kaum reden kann.

Duse: Reden Sie, denken Sie, daß ich schwach, elend und klein sei. O meine kleine Freundin, der Ruhm liegt im Bett, und die Größe geht mehr betteln, als kleine Menschen ahnen. Sie besitzen einen hübschen Mund, und Sie sehen aus, als sollte ich wünschen, daß Sie meine Schwester seien, um das Recht zu haben, Ihnen einen Kuß zu geben.

Das junge Mädchen: Dann würden Sie den Mund eines Geschöpfes küssen, das den niedrigen Wunsch hat, Ihre Dienerin sein zu dürfen. Ich wünsche, Ihnen zu dienen, und ich komme her, Sie zu fragen, ob Sie einer Person bedürfen, die stets munter und guter Dinge sein wird, solange Sie ihr nicht das Gegenteil befehlen, einer Person bedürfen, die zu sterben wissen wird, –

d'Annunzio: Phrase.

Duse: Mein Freund, das war eine häßliche Bemerkung.

Das junge Mädchen: – zu sterben wissen wird, wenn ihr Tod Ihr Vorteil sein kann, einer Person bedürfen, die glaubt, daß sie befähigt ist, Ihnen Gesellschaft zu leisten, und nur stets dann für Sie vorhanden zu sein, sobald Sie fühlen, daß ihre Gegenwart Ihnen angenehm ist. Was Sie fühlen werden, das wird die Person, von der ich rede, sogleich mitfühlen. Was Sie hassen, wird auch sie hassen, und was Sie lieben und bevorzugen, wird auch sie, die alles merken wird, was in Ihnen vorgeht, gern haben, liebhaben und bevorzugen. Sie wird Sie aufs Feinste bedienen.

[bricht hier ab]

Die Kellnerin

Ein hübsches Mädchen, ich kann sie wahrhaftig nicht beim Namen nennen, kam im zartesten Alter schon aus der Provinz in die Hauptstadt zu ihrer verheirateten Schwester. Das Mädchen glich einem Schmetterling an Demut und Zartheit. Wenn sie redete, so glich es dem Zwitschern eines Vögelchens, und ihre Niedlichkeit führte sie sehr bald auf abschüssige Wege. Eines Abends, so erzählte sie selber dem, der hier die Feder führt, ging sie auf die Straße. Es war Winter, und alle Straßen waren mit dichtem Schnee bedeckt. Das völlig unerfahrene junge Geschöpf freute sich kindlich über das Leben und Treiben, das sie sah. Die Laternen schimmerten und der Schnee tat es ihr an mit seinem eigentümlichen Zauber. Bald hatte sie den Weg verloren, und da sie nicht mehr wußte, wo sie sei, ging sie auf einen Soldaten zu, der in der Winternacht neben oder vor seinem Häuschen Schildwache stand, um ihn zu fragen. Da trat gerade der Offizier hinzu. Dem gefiel das Mädchen außerordentlich. »Komm mit, ich will dich begleiten«, sagte er, und sie, halb erfreut, halb verängstigt, ließ es sich gefallen. Vor seiner Haustüre angekommen, blieb er stehen, lächelte und zog das Mädchen auf eine Weise an sich, daß ihr schauerte. Doch der Schauer war ihr keineswegs unangenehm. Er zog sie ins Haus hinein. Auf der Treppe wehrte sie sich. »Ich will nicht zu Ihnen hinaufkommen. Was fällt Ihnen ein. Bitte lassen Sie mich gehen.« So sprach sie und ging doch mit ihm, ins Zimmer. Sind nicht die Mädchen ganz erfüllt von liebreizenden Widersprüchen! Nun saßen sie im Zimmer, er, der Offizier, zündete eine Lampe an. Das Mädchen gab der brennenden Lampe einen Stoß; sie fiel um. Eine helle Flamme loderte hoch auf, doch gelang es dem Mann, das Feuer zu ersticken. Eine Minute später gab sie sich seinen Küssen hin. Sie hatte den Widerstand aufgegeben. Früh am Morgen kam sie vor ihrer Schwester Haus, die zum Fenster hinausschaute. »Wo bist du die ganze Nacht gewesen? Bist du so eine? Dann mach' dich nur sogleich fort. Zu mir kommst du nicht mehr hinein.« Auf diese harten Worte hin ging das Mädchen weiter, und da sie soeben das Vergnügen der Liebe hatte kennenlernen [dürfen], so dachte sie, es stehe ihr ja jetzt frei, diese Art Leben fortzusetzen. Sie wurde Kellnerin. Ein Meer von Ehrlosigkeit trat vor sie. Die Wellen erfaßten sie, und sie ging im Meer unter. Sie vergaß, woher sie gekommen sei, und sie hatte nicht die Kraft, zu überlegen, was aus ihr nun werden solle. <Als ich bei ihr saß, bat sie mich sehr, eine Flasche Wein …> [bricht hier ab]

Nachwort

Seit Robert Walsers Wiederentdeckung berührt es schmerzlich, daß mit seinem einzigartigen Werk zugleich das Wissen um seine fragmentarische Überlieferung verbunden bleibt. Mindestens drei seiner Romane sind verschollen, und auch bei den Prosastücken und Gedichten scheint Zahlreiches verloren.

Dies gilt schon für Walsers schriftstellerischen Beginn: Das früheste Manuskript, das sich von ihm erhalten hat, trägt den Titel *Drittes Buch. Saite und Sehnsucht*. Von den vorangehenden »Büchern« eins und zwei fehlt dagegen jede Spur. Man darf annehmen, daß es sich um jene Hefte mit Walsers »lyrischen Erstlingen« handelte, die Josef Viktor Widmann und Franz Blei von ihm erhielten. Von den jeweils dreißig bis vierzig darin enthaltenen Gedichten erschien dann aber nur ein Bruchteil.

Ähnliches auch wenig später bei den ersten Prosastücken. »Teils verloren gegangen, teils vernichtet«, schreibt Walser im Februar 1907 an Alfred Walter Heymel (*Briefe*, S. 52), der sich nach den Texten erkundigt hatte, die keine Aufnahme in *Fritz Kochers Aufsätze* gefunden hatten. Daß *Der Schuß. Eine Pantomime* (vgl. S. 11-16) zufällig in Otto Julius Bierbaums Redaktionspapieren der »Insel« liegengeblieben war, wird Walser nicht einmal selbst gewußt haben. Im übrigen kennt man aus Briefen, die er an den Redakteur der Basler Zeitschrift *Samstag* und die *Neue Zürcher Zeitung* schrieb, zwar noch einige Titel von Prosastücken, doch alle Suche nach den Texten blieb bislang vergebens.

Auch wüßte man gerne, ob es einen autobiographischen Kern hat, wenn es im *Brief von Simon Tanner* heißt: »Jetzt verdiene ich etwas Geld, durch Aufsätze, die ich an eine christliche Zeitung einsende.« (*Sämtliche Werke* (SW) 3, S. 10) Der Personenkonstellation des Textes zufolge müßte die Episode in den Herbst und Winter 1902/03 fallen, doch kennt man aus eben dieser Zeit keine Veröffentlichungen von Walser. Auch die Suche in den *Neuen Zürcher Nachrichten*, der katholischen Zürcher Tageszeitung, verläuft ergebnislos; dort stößt man nur auf Juvenilia von Walsers späterem Kritikerantipoden Eduard Korrodi.

Versteckt sich Walser? Bei seinen verstreuten Publikationen möchte es manchmal den Anschein haben. »Ich fabriziere kleine Sachen für Zeitungen und Zeitschriften«, heißt es in einem weiteren Brief an Alfred Walter Heymel aus dem Februar 1907. Auch in mehreren autobiographischen Prosastücken ist von Einsendungen an Tageszeitungen während der Berliner Jahre die Rede: *Eine Art Novelle*, *Frau Wilke*, *Rückblick*, *Tobold (II)* – in all diesen Texten fällt der entsprechende Hinweis, doch Zeitungsbeiträge aus Walsers Berliner Zeit waren bislang keine zu finden. *Vossische Zeitung*, *Berliner Börsen-Courier*, *Tägliche Rundschau*, *Nationalzeitung*, *Der Tag* – trotz eifrig unternommener Recherchen immer das gleiche Ergebnis: Fehlanzeige.

Das *Berliner Tageblatt* schien auszufallen, denn dort hatte Monty Jacobs die *Geschwister Tanner* verhältnismäßig kritisch besprochen (2. Februar 1907, Nr. 60). Genau hier aber tauchten dann unverhofft einige Prosastücke von Walser auf, die bis dahin unbekannt waren.

Den Beginn machte am 21. September 1907 eine Art poetologischer Selbstexplikation: *Der Schriftsteller*. Dabei bot sich zugleich die Gelegenheit zur ironischen Retourkutsche für die vorherige Kritik. Bevor Walser näher auf sein eigentliches Sujet eingeht, nimmt er sich die

»angesehenen Zeitungsmänner« vor, die ihn zu einer Talentprobe eingeladen haben, und läßt ohne viel Scheu durchblicken, was er von derlei gönnerhafter Herablassung hielt. Und wenn Jacobs in seiner Rezension der *Geschwister Tanner* die Dominanz »subjektiver Stimmungen« moniert hatte, so durfte er den letzten Zeilen des eingesandten Prosastücks entnehmen, wie wenig er von einem emphatisch verstandenen Schreiben Walserscher Provenienz verstanden hatte: »Er ist mit sich jedesmal fertig, wenn er das erste Wort schreibt, und wenn er den ersten Satz geformt hat, kennt er sich nicht mehr.« (Siehe S. 27) Es sind die Sätze, die Sprache selber, die den Schriftsteller zu einem gewagten Tanz mit sich fortreißen; es ist die unausweichliche Prägnanz der Wortbedeutungen, die ihn zwingt, erbarmungslos ins Herz alles Beobachteten und Beschriebenen zu dringen. Da hatte Rudolf Alexander Schröder einige Jahre zuvor schon klarer gesehen, als er an Walsers Schreiben »etwas Dunkles, so Raubtiermäßiges« zu erkennen glaubte, als ob »der Mann seine Worte wie Krallen in die Dinge« schlage (Brief an Otto Julius Bierbaum vom 18. Juli 1901).

Doch ist es tatsächlich der Mann, der Autor selbst? Mitnichten. Der nimmt sich vielmehr zurück, so sehr er irgend kann, riskiert sogar, daß er im Leben als »lächerliche Person« dasteht. Es sei »geradeso schön, *nichts* zu sein, es hat eine höhere Glut, als *Etwas* zu sein«, schreibt Walser im November 1906 an Christian Morgenstern und bekennt im gleichen Atemzug, daß er dadurch etwas wie »Blutdurst« auf das Schreiben bekomme und daß er dann schreibe »wie ein Tiger, der eine Beute zerreißt« (*Briefe*, S. 49). Er selber aber will so wenig wie nur möglich sein, damit die Beobachtung, die Sprache unabgelenkt und wildkatzenartig auf dem

Sprung bleibt, um plötzlich in aller Vitalität losschießen zu können.

Was ihn selber betrifft, so tut er, was er vermag, sich zurückzuhalten, sich »zu sparen«, wie es später in der *Rose* heißen wird (SW 8, S. 102), ja, er glaubt, das eigene Leben »möglichst ungelebt, unberührt vorbeistreichen« lassen zu sollen *(Aus dem Bleistiftgebiet* 1, S. 252), damit er nicht in jenem kläglichen bißchen individueller Subjektivität befangen bleibt, auf das sich ›sensible‹ Menschen gern so viel einbilden. Statt dessen will er sagen können: »Er ist der Mondschein, und er ist das Brunnengeplätscher, der Regen, die Hitze in den Straßen, der Strand, das Segelschiff. Er ist der Hungernde und der Sattgegessene, der Prahler und der Prediger, der Wind und das Geld ... kurz, er ist alles und muß alles sein.« (S. 26f.)

Das Programm, das hier ausgesprochen ist, läßt die traditionelle Instanz des anordnenden, disponierenden und kommentierenden Erzählers zweifellos weit hinter sich. Autoren, die sich und anderen in derlei technischen Übungen gefallen, mögen zwar spannende oder erbauliche Bücher hervorbringen und sich »schloßartige Villen in Seegegenden« redlich wie irgendein Kaufmann verdienen – das »geheimnisvolle Etwas«, das den wahrhaft Schreibenden »zur Selbstlosigkeit« zwingt, verspüren sie jedoch nie. Mag man es den Engel oder die Furie des Worts und des Sehens nennen – was Walser umtreibt, ist in jedem Fall etwas, das über die subjektive Faßbarkeit hinausgeht, etwas, dem der Schriftsteller zwar auflauert und das er fortwährend umkreist, von dem er aber nur eine Vorstellung zu vermitteln vermag, wenn er sich »opfert«. Im beliebigen Zufälligen ist er diesem »geheimnisvollen Etwas« näher als im Gewollten und Geformten; im Spazieren und Flanieren läßt es sich eher verspüren als auf bedachtsam geplanten Lebenswegen; das Feuilleton, das dem »Allerlei« huldigt, weiß mehr davon als der durchkomponierte große Roman.

Und so wurde aus Walser schon in Berlin, ja womöglich schon in Zürich, ein Zeitungsschreiber, und man hat Grund, anzunehmen, daß einiges davon noch immer im Verborgenen ruht. Walser läßt zwar gleichzeitig verlauten, er gehe lieber »unter die Soldaten«, als Lieferant für Zeitungen und Zeitschriften zu werden, doch Christian Morgenstern, der Adressat dieses in Anführungszeichen gesetzten Bekenntnisses, wird als Lektor der *Geschwister Tanner* gewußt haben, daß dies ein Zitat war und keineswegs wörtlich genommen werden durfte. »Das mit den Soldaten ist eine flüchtige Redensart von mir, die ich mir angewöhnt habe, um meine Reden zu beschließen«, heißt es im Roman ja bereits im ersten Kapitel (SW 9, S. 18).

Neben dem *Berliner Tageblatt* findet sich im Jahr 1907 auch in der *Frankfurter Zeitung* und der Wiener *Neuen Freien Presse* je ein Prosastück von Walser. Letzteres handelt *Vom Zeitungslesen*, hat mithin einen ähnlich selbstreferentiellen Charakter wie *Der Schriftsteller*. Nach dem Autor wird nun das Medium thematisiert, in welchem dessen Erzeugnisse erscheinen.

»Zeitungen sind wie ein großer, zusammengedrängter, üppiger Schwarm von Vögeln«, hebt der Text an und versteigt sich damit schon zu Beginn zu einem Vergleich, der in aller Sorglosigkeit über sein Ziel hinausflattert. Jedenfalls läßt sich in diesem Bild ein tertium comparationis nur schwer ermitteln, doch genau das ist es, was Walser daran zu reizen scheint. Mit einem Vergleich, der platterdings nur träfe, wäre die Phantasie nicht herausgefordert und nichts in Gang gesetzt.

Durch die offensichtliche Inkongruenz dessen, was verglichen und in eins gesetzt werden soll, entsteht eine Interferenzspannung, die den Autor zum Weiterspinnen des Bildes und den Leser zum Weiterlesen des Textes zwingt. Dieses Danebenzielen oder übers Ziel Hinausschießen, das selbstverständliche Behaupten von etwas keineswegs Evidentem, das wortreiche Umkreisen von banal Scheinendem – all dies sind Verfahren, die Walser gleichsam komplementär zur Grausamkeit seiner sprachlichen Prägnanz pflegt.

So entsteht eine irritierende Mischung aus Weitschweifigkeit und Präzision, aus Geschwätzigkeit und existentiellem Bekenntnis, aus Redundanz und geheimnisvoller Lakonik. In all dem schließt Walser an das Wesen der Zeitung an, wo unwichtigster Klatsch und weltbedeutende Nachricht unmittelbar nebeneinander stehen. Ein ungeheures Stimmengewirr ist darin, ein Plappern und Schnattern ebenso wie Töne von schneidender Schärfe. Offenbar nicht ungern fällt Walser ins Plaudern und Zwitschern dieses Vogelschwarms ein, wo eine größere Freiheit herrscht für die Flüge der Phantasie, für ungewohnte Modulationen ihrer Stimmen und die heterogene Vielfalt dessen, was sie zu sagen haben.

Ob Walser in den Berliner Jahren noch mehr, und wenn ja, wieviel, für Zeitungen geschrieben hat, ist vorderhand nicht zu sagen. Zu groß ist die Zahl der Titel, die dazu in Deutschland, Österreich und in der Schweiz noch durchzusehen wären. Auch über den engeren deutschsprachigen Raum müßte dabei hinausgegriffen werden, wie ein neu entdecktes Gedicht aus der Prager Zeitung *Bohemia* nahelegt.

Erst recht gilt dies für die Bieler und Berner Jahre, in denen das Zeitungsfeuilleton endgültig zu Walsers Existenzgrundlage wurde. In diesem Zusammenhang hat er selbst mit einem gewissen Stolz auf die weite Verbreitung seiner Texte hingewiesen. »Meine Prosastücke«, schrieb er am 12. Februar 1927 an Frieda Mermet, »sind in ganz Deutschland, Österreich, bis nach Ungarn hinein herumgekommen.« (*Briefe*, S. 292) Mit Ausnahme zweier im Wiener *Tag* aufgefundener Zweitdrucke weiß man allerdings nach wie vor nichts von Walsers österreichischen und ungarischen Zeitungskontakten. Unklarheit herrscht auch über den Verbleib jener »mehr als hundert Stücke«, von denen Walser am 22. Juli 1924 Frieda Mermet berichtet. In der Druckbelegesammlung, die sich in Walsers Nachlaß fand, gibt es nicht einmal ein Dutzend Texte aus dieser Zeit.

Dafür lassen sich zwei Gründe vermuten. Entweder ist diese Druckbelegesammlung bloß ein zufälliger Rest, der nicht weggeworfen wurde, als Lisa Walser nach der psychiatrischen Internierung ihres Bruders sein letztes Zimmer räumte. Oder aber es ist denkbar, daß Walser von bestimmten Abdrucken gar keine Belege erhielt. Dies könnte bei solchen Texten der Fall gewesen sein, die er über Feuilleton-Agenturen, sogenannte »Korrespondenzhäuser«, vertrieb.

Robert Walser und Agenturen? Diese Vorstellung schien bisher kaum zu seinem randständigen Dasein zu passen. Doch der Eindruck täuscht. Walser mochte zwar recht gern den Anschein des armen Poeten erwecken, dem es aus Verlegenheiten half, wenn er an Tischen gutherziger Damen – sogenannter »Mamas« – durchgefüttert wurde; mit seiner wahren materiellen und publizistischen Situation hatte dies jedoch wenig zu tun. Wer in Bern konnte schon ahnen, in wie vielen großen, mittleren und kleineren Blättern des Auslands seine Texte gedruckt wurden? Walser empfand darüber bisweilen wohl eine rumpelstilzchenhafte Freude und schrieb mit selbstsicherer Ironie an Frieda Mermet: »Ich würde jetzt draußen in einer reichsdeutschen Kleinstadt, gleichviel, wo sie liegt, eine ›Rolle‹ spielen können.« Seine häufige Präsenz in den unterschiedlichsten Gazetten hätte fast überall zum Status der Lokalprominenz ausgereicht.

Den Anfang bei der Streuung seiner Texte dürfte der Rowohlt Verlag gemacht haben, der um 1924 eine eigene Feuilleton-Korrespondenz gründete und auf diesem Weg die Texte vertrieb, die Walser für die verlagseigenen Zeitschriften *Vers und Prosa* bzw. *Die literarische Welt* einsandte. Auch die Stücke seiner Sammlung *Die Rose* fanden auf diese Weise eine weitere Verbreitung. Sodann spricht Walser selbst von einem »kölnischen Correspondenzhaus«, dem er Prosa »zwecks Vertrieb für deutsche Zeitungen« übermittelt habe *(Briefe,* S. 263). Hierbei könnte das Verlagshaus DuMont Schauberg in Frage kommen, das beispielsweise in seinem Kölner *Stadt-Anzeiger* Walser-Texte druckte. Weiterhin ist in einem Brief an Max Rychner von einem »berlinischen Prosastückvertreter« die Rede, den er, Walser, »mit wahrer Wonne feldwebelmäßig« angebrüllt habe, indem er ihn »auf den Mittelstand hetzte, d. h. auf die reichsdeutsche Kleinstadt- und Spießerpresse« *(Briefe,* S. 299). In diesem Falle ist man geneigt, an den Ullstein Verlag zu denken, auch wenn eine solche Vermutung auf den ersten Blick eine ideologische Unverträglichkeit darzustellen scheint: Hier Deutschlands mächtigster Pressekonzern, dort der außenseiterische Schweizer Robert Walser – das sollen Geschäftspartner gewesen sein?

Sie waren es, und zwar schon länger, als man denkt. Bereits seit 1912 war Walser mit Beiträgen in der *Vossischen Zeitung* vertreten, die zu Ullstein gehörte. 1914 trat Ullstein mit der Anfrage an Walser heran, ob er für den Verlag nicht einen Roman schreiben wolle. Walser kommt in einem (unlängst aufgetauchten) Brief an den Redakteur Paul Fechter darauf zu sprechen, stellt offenbar auch erste Überlegungen zu einem solchen Projekt an, doch dann brach der Erste Weltkrieg aus. Die Beziehungen zur *Vossischen Zeitung* blieben selbst in dieser Zeit bestehen, und 1919 ist es das Flaggschiff des Ullstein Verlages, die reich bebilderte, auf bestem Papier gedruckte Zeitschrift *Die Dame*, die verschiedentlich Walser-Gedichte in ihre Spalten einrückte. Mitte der zwanziger Jahre taucht dann in verschiedenen liberalen deutschen Zeitungen – im *Berliner Börsen-Courier*, der *Neuen Badischen Landeszeitung* (Mannheim), im Düsseldorfer *Mittag* oder der *Magdeburgischen Zeitung* – eine Anzahl unbekannter Walser-Texte auf, wobei kennzeichnend ist, daß die zuständigen Redakteure sich alle aus gemeinsamen Ullstein-Tagen kannten oder über entsprechende Beziehungen miteinander in Verbindung standen. Auch in den *Leipziger Neuesten Nachrichten* landeten einige Texte aus diesem Fundus, ohne daß all dies in Walsers spärlichem Nachlaß eine Spur gezeigt hätte.

Sind ihm von diesen Abdrucken also gar keine Belege zugesandt worden? Hat er für die Annahme der Texte einfach nur ein Pauschalhonorar erhalten? Es scheint so, denn auch von den zahlreichen Zweitdrucken, die in den unterschiedlichsten Zeitungen bis hin zum *New Yorker Volksblatt* inzwischen nachgewiesen werden konnten, findet sich in Walsers Druckbelegesammlung nichts.

Sicher ist bei all dem lediglich, daß Walser in den zwanziger Jahren mit der Zeit ging und seine Texte über mehrere Korrespondenzen vertrieb, die ihrerseits die

Spalten der zahlreichen neu gegründeten »Unterhaltungsbeilagen« zu füllen hatten. Eine Berührungsangst mit dieser Industrie verspürte Walser augenscheinlich nicht, machte sich aber auch keine Illusionen über deren Charakter. Er hielt sich an das in der Schweiz geltende 11. Gebot: »Liefere statt lavere« – und lieferte, wohl wissend, daß es »für die Katz« war: »Die Katz ist eine Art Fabrik oder Industrieetablissement, für das die Schriftsteller täglich, ja vielleicht sogar stündlich treulich und emsig arbeiten oder abliefern«, hielt er in seinem heute berühmten Prosastück *Für die Katz* fest, um anschließend fortzufahren: »Besser ist, man liefere, als übers Liefern bloß undienliche und übers Dienen plaudertäschelige Lavereien oder Diskussionen zu veranstalten.« (SW 20, S. 430)

Daß er dabei in einem höchst vergänglichen Betrieb mittat, schien ihm als das Natürlichste schlechthin. Er selbst machte ja ab und zu Inventur, um kein kleinlicher, selbstischer Archivar der eigenen Produktion zu werden: »Jeweilen, d. h. von Zeit zu Zeit«, teilte er dem Prager Redakteur Otto Pick 1927 mit, »werfe ich zerrissene Manuskripte in den Papierkorb, im Instinkt, daß es hübsch, fein, propper, nobel sei, stets irgend was aufzuopfern.« (*Briefe*, S. 311 f.) Zwar mochte es ihn stören, wenn andere – z. B. Franz Blei oder einmal auch Frieda Mermet – mit seinen Manuskripten und Druckbelegen nachlässig umgingen; er selber aber scheint sich immer wieder mit unsentimentaler Nüchternheit von früher Geschaffenem getrennt zu haben. Den 1921 entstandenen Roman *Theodor* ließ er, ohne sich weiter darum zu kümmern, einfach bei Rowohlt liegen, und anderes, was niemand wollte oder ihm mißglückt erschien, warf er kurzerhand weg.

Mit leichtem Gepäck mußte einer unterwegs sein,

der noch immer »auf sprachlichem Gebiet« experimentierte, »in der Hoffnung, in der Sprache sei irgendwelche unbekannte Lebendigkeit vorhanden, die es eine Freude sei zu wecken« (SW 20, S. 429 f.). Und da »europäische Leser« ohnehin schon genug »Gesundes und Gutes zusammengelesen haben«, was nach menschlichem Ermessen nur »langweilig für sie« werden konnte (SW 17, S. 64), so empfahl sich, nicht des Tiefsinns Beute zu werden, sondern lieber mal in gemessen-kunstvollen Versen z. B. über das Baden (vgl. S. 99 ff) eine aufreizende Banalität an die andere zu reihen, auf daß der Leser auch Gelegenheit habe, in den Bleiwüsten der Jetztzeit sein verlorenes Lachen wiederzufinden.

Dank

Wer in den unabsehbaren Mengen bedruckten Zeitungspapiers, in der weiten Verstreutheit literarischer Quellen Unbekanntes von Robert Walser sucht, den wird sehr bald das Gefühl überkommen, daß es – verglichen damit – ein leichtes sei, die sprichwörtliche Stecknadel in einem Heuhaufen zu finden. Ohne die Hinweise und Hilfe von Kollegen und Freunden ist ein solches Unterfangen von vornherein aussichtslos. Mit anderen Worten: Es ist einzig der Freigiebigkeit und Uneigennützigkeit der Mit-Forscher zu verdanken, daß dieser Band immerhin mehr als drei Dutzend unbekannte Walser-Texte vereinigen kann. Namentlich haben dazu beigetragen: Dr. Gregor Ackermann (Aachen), Rudolf Gamper (St. Gallen), Andreas Grunert (Solingen), Dr. Kurt Ifkovits (Wien), Thomas Lange (Hamburg), Alain Moirandat (Basel), Dr. Werner Morlang (Zürich), William Piasio (Biel), Prof. Dierk Rodewald (Berlin), Franz Siepe (Marburg), Dr. Marlis Stähli (Zürich), Prof. Werner Stauffacher (Lausanne), Stephan Trutze (Solingen), Dr. Beatrice Vierneisel (Berlin), Dr. Hartmut Vollmer (Paderborn), Prof. Peter Utz (Lausanne), Prof. Karl Wagner (Wien).

Ihnen allen sei von Herzen gedankt.

Anmerkungen und Nachweise

S. 11: Der Schuß. Eine Pantomime
Unveröffentlichtes Manuskript, 5 Blatt, im Nachlaß von Otto Julius Bierbaum, Stadtbibliothek München.

S. 17: Etwas über die Eisenbahn
Erstdruck in *Frankfurter Zeitung*, 1. September 1907 (Nr. 242)

S. 23: Der Schriftsteller
Erstdruck in *Berliner Tageblatt*, 21. September 1907 (Nr. 480).

S. 28: Vom Zeitungslesen
Erstdruck in *Neue Freie Presse* (Wien), 6. Oktober 1907 (Nr. 15490), S. 34-35.

S. 33: Weihnachten
Erstdruck in *Berliner Tageblatt*, 24. Dezember 1907 (Nr. 653). Autobiographischer Hintergrund des Textes sind Walsers Erlebnisse während seiner Zeit als Diener auf dem schlesischen Schloß Dambrau im Herbst und Winter 1905.

S. 36: Feuer
Erstdruck in *Berliner Tageblatt*, 17. April 1908 (Nr. 198).

S. 42: Auf der Elektrischen
Erstdruck in *Berliner Tageblatt*, 28. April 1908 (Nr. 214).

S. 45: Die Frau des Dramatikers

Handschriftliches Manuskript, 2 Blatt, im Besitz der Robert Walser-Gesellschaft (Depositum Robert Walser-Archiv, Zürich). Erstmals publiziert als Faksimile mit diplomatischer Umschrift in: *Jahresgabe der Robert Walser-Gesellschaft*, 2/1998.

Am Rand des ersten Blattes notierte Walser mit Bleistift: »Lieber Herr Jacobsohn, nehmen Sie das vielleicht? Mit freundlichem Gruß Ihr Robert Walser, Kurfürstendamm 29«. Der Text war demnach für die *Schaubühne* bestimmt, erschien dort jedoch nicht. Die Adresse läßt im übrigen erkennen, daß das Manuskript aus dem Frühjahr 1910 stammt, denn in dieser Zeit hütete Walser die an besagter Adresse befindliche Atelierwohnung seines Bruders Karl, der sich damals mit seiner Frau auf Hochzeitsreise befand. Das Prosastück war ursprünglich mit »Monolog« betitelt, doch strich Walser diese Überschrift durch und ersetzte sie durch »Die Frau des Dramatikers«.

Darüber stehen noch acht, ebenfalls durchgestrichene Zeilen, die merkwürdigerweise mit Bleistift geschrieben sind. Sie lauten. »Ich bilde es mir ein. So fest. Freilich, freilich gibt es Täuschungen. Ich kann mich täuschen. Das ist nur zu gut möglich. Aber es war doch dort so schön. Eines Tages ... was da eines Tages? Jedenfalls – – was da mit jedenfalls? Ich empfinde einen tiefen Kummer, so, als hätte ich alle alle alle Lust und allen allen Mut am Leben verloren. Doch auch darin kann ich mich vielleicht täuschen, und es kann alles noch ganz gut kommen. Wir w ...

Wir ... bestehen muß man ja« [bricht hier ab]

Auf der Rückseite des ersten Blattes befindet sich zudem ein durchgestrichener Text, der hier unter *Fragment ohne Titel (I)* abgedruckt ist (vgl. S. 111)

S. 47: Kuhstall

Handschriftliches Manuskript, 1 Blatt, im Besitz der St. Galler Kantonsbibliothek Vadiana; erstmals publiziert in *du. Die Zeitschrift der Kultur*, 10/2002 (Nr. 730), S. 34.

Der Text wurde von Walser für die Zeitschrift *Schaubühne* verfaßt; der Beitrag scheint von Siegfried Jacobsohn auch zur Veröffentlichung angenommen worden zu sein, wie aus der Satzanweisung »Borgis compress« geschlossen werden kann, die in der linken oberen Ecke des Manuskripts angebracht ist. Dennoch ist das Prosastück offenbar nicht in der *Schaubühne* erschienen.

Walser kommt zunächst auf den Dramatiker, Schauspieler und Theaterleiter Ferdinand Bonn (1861-1933) zu sprechen, der 1906 und 1907 in seinem Berliner Theater an der Charlottenstraße u. a. drei *Sherlock Holmes*-Stücke mit großem Erfolg zur Aufführung brachte. Die dick aufgetragenen Effekte und billigen Sensationen von Bonns Inszenierungen trugen ihm allerdings die einhellige Verachtung der gehobenen Theaterkritik ein; nur Siegfried Jacobsohn stieß sich am philiströsen Gestus dieser Ablehnung und nahm Bonn mehrfach ironisch in Schutz.

Walser scheint Bonn allerdings erst im Dezember 1911 bei einem Gastspiel im Friedrich Wilhelmstädtischen Schauspielhaus gesehen zu haben. Bonn gab dort neben dem *Sherlock Holmes* auch Alexandre Dumas' Stück *Kean ou Désordre et Génie* (1836), das den großen englischen Tragödien-Schauspieler Edmund Kean (1787-1833) zum Gegenstand hat.

Das *Restaurant zum Kuhstall* befand sich an der Invalidenstraße 110 im proletarischen Berliner Norden. Walser erwähnt es auch in seinem Prosastück *Brief an*

Edith (1924) und schreibt dort: »Eines der Lokale nannte sich der ›Kuhstall‹. Dort spielte eine Damenkapelle, deren Direktrice mir sagte, sie stamme aus Biel, ich erwiderte, mich berühre das sympathisch, ich sei auch da aufgewachsen.« Ein zeitgenössisches Photo des Lokals, auf dem sich der Besitzer mitsamt Personal vor der Wirtschaft präsentiert, ist abgebildet in: Georg Bartels, *Das Berlin der Jahrhundertwende*. Berlin: Verlag Dirk Nishen, 1990, S. 106.

S. 49: Rundschau

Handschriftliches Manuskript, 1 Blatt, Cinécollection William Piasio, Museum Neuhaus, Biel (erstmals gedruckt in: Bernhard Echte, *Dieses graziöse Vorüberhuschen der Bedeutungen. Robert Walser und das Kino*, in: *Cinema* 40, Basel 1994, S. 157). Der mit Kopierstift durchgestrichene Text befindet sich auf der Rückseite des Prosastücks *Kino*, das am 25. Mai 1912 in der Zeitschrift *Schaubühne* (8. Jg., Nr. 21, S. 606) veröffentlicht wurde.

Dauthendey ist jetzt zum Schauspiel übergegangen: Max Dauthendey (1867-1918), den Walser 1901 in München kennengelernt und kurz darauf in Würzburg besucht hatte, war ursprünglich als Lyriker bekannt geworden. Ab 1910 verfaßte er in rascher Folge mehrere Werke für das Theater (*Die Spielereien einer Kaiserin*, Drama 1910, *Der Drache Grauli*, Drama 1911, *Frau Raufenbarth*, Tragödie 1911, *Menagerie Krummholz*, Komödie 1911, *Madame Null*, Schwank 1911, *Ein Schatten fiel über den Tisch*, Schauspiel 1911, *Lachen und Sterben*, Einakter 1911, *Fünfuhrtee*, Einakter 1911, *Maja*, Komödie 1911).

Der große Hauptmann schreibt jetzt Romane: Nach *Der Narr in Christo Emanuel Quint* (1910) erschien im

Jahr 1912 ein weiterer Roman von Gerhart Hauptmann: *Atlantis*.

Von Kyser, dem tapferen Angreifer von unhaltbaren Zuständen, ist neulich viel die Rede gewesen: Der Schriftsteller Hans Kyser (1882-1940) erregte Anfang 1912 Aufmerksamkeit, als er in den ersten drei Heften der renommierten *Neuen Rundschau* überaus kritische Aufsätze zur Deutschen Schillerstiftung publizierte. Er attackierte darin die Vergabepraxis und Verwaltung der Stiftung, prangerte den »ungeheuerlichen Mißbrauch und die Vergeudung dieses Nationalvermögens« an und sprach von einer »fünfzigjährigen Schmach gegen den Geist der Spende und der Spender« (*Neue Rundschau*, 1912, S. 121). Die Schillerstiftung wirke »mit ihrer Pflege der Mittelmäßigkeit und der Belohnung der Nichtigkeit vielfach ansteckend«, resümierte er und beklagte pathetisch eine »Beleidigung des Begriffes der Nationalliteratur« (*Neue Rundschau*, 1912, S. 253). Kyser hatte damit sein Lebensthema gefunden und publizierte noch nach dem Ersten Weltkrieg zahlreiche weitere Artikel über Mißstände in der Schillerstiftung.

Die Kleistenfeier: Aus Anlaß von Kleists 100. Todestag (21. November 1911) kam es in Deutschland vielerorts zu Gedenkveranstaltungen. Im Anschluß an die Feierlichkeiten wurde von mehreren prominenten Autoren zur Gründung einer Kleist-Stiftung samt entsprechendem Preis aufgerufen – eine Idee, die schließlich 1913 Wirklichkeit wurde.

Loerke macht wahrscheinlich auch sein Drama im Stillen: Walser beweist hier eine intime Kenntnis der Schaffenspläne von Oskar Loerke, der seinen späteren Roman *Der Oger* (erschienen 1921) ursprünglich als Drama konzipiert hatte; jedenfalls notierte er sich am 7. Februar 1911 in sein Tagebuch: »Ich fühle, mein Berliner Drama, die Geschichte vom Oger, wächst« (Oskar Loerke, *Tagebücher 1903-1939*. Heidelberg/Darmstadt 1956, S. 55). Walser und Loerke sind sich wohl im Kreise des S. Fischer-Lektors Moritz Heimann, dem sogenannten »Donnerstagstisch«, begegnet (siehe dazu auch *Bleistiftgebiet* 5, S. 308 und 6, S. 644).

Sternheim haben sie auch wieder absagen müssen: Carl Sternheims Komödie *Die Kassette* (Premiere am 26. November 1911) wurde nach überwiegend schlechten Kritiken bereits nach zehn Aufführungen wieder vom Spielplan des Deutschen Theaters abgesetzt.

Freksa mit seinem Ding: Walser bezieht sich auf das Stück *Sumurûn. Eine Pantomime in neun Bildern* von Friedrich Freksa (1882-1955). Es war am 24. April 1910 in der Regie von Max Reinhardt am Deutschen Theater uraufgeführt worden und erlebte einen Sensationserfolg mit mehr als 60 Vorstellungen. Walser war vermutlich durch seinen Lektor Christian Morgenstern mit Freksa bekannt geworden. Seinen Tagebüchern zufolge hielt Morgenstern Walser und Freksa für *die* dichterischen Genies, denen er im Leben begegnet war, eine Parallelisierung, die Walser offenbar als herabsetzend empfand, so daß sich seine Beziehung zu Morgenstern schlagartig abkühlte und bald gänzlich einschlief.

S. 51: Das Dichterzimmer

Erstdruck in *Vossische Zeitung*, 21. Juni 1913 (Nr. 310); vgl. im übrigen Walsers Prosastück *Dichter*, wo sich die Bemerkung findet: »Kannte ich doch einen Dichter und Verfasser von geradezu bestrickenden Versen, der zeitweilig in der Badestube einer Dame von Welt logierte, wobei man allerdings die Frage glaubt aufwerfen zu dürfen, ob der Dichter sich auch jedesmal, wenn die Dame zu baden beliebte, anstandshalber und rechtzeitig aus dem Staube machte.« (SW 17, S. 355)

S. 53: Tell

Handschriftliches Manuskript in Privatbesitz. Der Text stammt wahrscheinlich aus den Jahren 1919/20.

S. 56: Kleist in Paris

Erstdruck in *Schweizerisches Familien-Wochenblatt für Unterhaltung und Belehrung*, 42. Jg. (1922/23), Nr. 1 (Juli 1922), S. 11-12. Robert Walser schreibt dazu am 19. Oktober 1920 in einem Brief an Frieda Mermet: »Heute sandte ich dem Schweizer Familien Wochen-Blatt einen neuen Beitrag, einen kleinen Aufsatz über den Dichter Kleist, den ich hoch verehre.« (*Briefe*, 178) Dem Herausgeber der Briefe ist der spätere Abdruck wohl deswegen entgangen, weil der Titel im Inhaltsverzeichnis der Zeitschrift ohne Autornamen aufgeführt und der Text im Exemplar der Schweizer Landesbibliothek Bern sogar herausgerissen ist.

S. 59: Der Märchenhafte

Erstdruck in *Berliner Börsen-Courier*, 27. August 1925 (Nr. 399). Der Text wurde aufgefunden, nachdem der entsprechende Mikrogramm-Entwurf im ersten Band der Edition *Aus dem Bleistiftgebiet* veröffentlicht worden war (siehe dort S. 59-61: *Das Maß ist bald überschritten*). Der Nachweis des gedruckten Textes ermöglichte, die Fehllesung »Zigarren« (S. 59, drittletzte Zeile) ab der dritten Auflage zu korrigieren; richtig heißt es dort »Lingèren« (= frz. für »Wäscherinnen«).

Das Motiv der Schulden, die in Neapel bzw. für Kostgelder hinterlassen worden seien, entnimmt Walser anscheinend der Jugendzeit seiner Brüder Ernst und

Karl. Ernst Walser war eine Zeitlang in Neapel als Hauslehrer beschäftigt, verließ die Stelle jedoch plötzlich wegen nicht näher bekannter Unstimmigkeiten. Karl Walser wiederum lebte im Frühjahr 1899 bei seinem früheren Bieler Zeichenlehrer Huttenlocher und scheint dessen Gastfreundschaft in mannigfaltiger Weise strapaziert zu haben. Mit den »vierzehntägigen Aufenthalten an Seeufern« spielt Walser auf seine Besuche beim Bildhauer Hermann Hubacher in Faulensee am Thunersee an. Anfang der zwanziger Jahre kreuzte Walser offenbar mehrfach dort auf und blieb in unbefangener Weise jeweils für mehrere Tage.

S. 63: Vor einem Kino

Erstdruck in *Berliner Börsen-Courier*, 27. September 1925 (Nr. 453). Später mit kleinen Abweichungen (aus Platzgründen weniger Absätze etc.) auch in *Neue Badische Landeszeitung*, 31. Juli 1926 (Nr. 383); weitere Abdrucke in der *Magdeburgischen Zeitung* vom 18. März 1926 (Nr. 139) sowie in den *Leipziger Neuesten Nachrichten* vom 23. März 1926 (Nr. 82). Vgl. das Prosastück *Der Liebhaber*, S. 74-76 in diesem Band.

S. 65: Das Trinkgeld

Erstdruck in *Berliner Börsen-Courier*, 22. Oktober 1925 (Nr. 495); später erneut in *Leipziger Neueste Nachrichten*, 12. Februar 1926 (Nr. 43), und *Magdeburgische Zeitung*, 31. Mai 1931 (Nr. 290). Vgl. dazu die entsprechende Passage des *Räuber*-Romans: »Einmal trug er einer Frau einen Handkoffer bis vor das Ziel ihrer Wanderung nach und erhielt für diesen Dienst aus behandschuhter Hand einen Franken. Die bewiesene Gefälligkeit gefiel nicht nur der Frau, sondern auch ihm selber.« (*Bleistiftgebiet* 3, S. 40)

S. 66: Ernesto

Erstdruck in *Berliner Börsen-Courier*, 29. Oktober 1925 (Nr. 508). Der Text erschien eine Woche nach Eröffnung einer Ausstellung des Bildhauers Ernesto de Fiori, die in der Berliner Akademie der Künste stattfand. Ob Walser sich jedoch tatsächlich auf Ernesto di Fiori bezieht, ist unklar, da eine Bekanntschaft zwischen beiden bislang nicht nachweisbar ist. In einem weiteren Abdruck des Textes (*Magdeburgische Zeitung*, 8. Juli 1926, Nr. 340) sind einige offensichtliche Fehler des Erstdrucks getilgt; diese Korrekturen wurden hier übernommen. Das Prosastück erschien im übrigen auch im Düsseldorfer *Mittag* vom 12. Mai 1926 und in den *Leipziger Neuesten Nachrichten* vom 13. Mai 1926.

S. 68: Kinder und kleine Häuser

Erstdruck in *Berliner Börsen-Courier*, 25. Dezember 1925 (Nr. 603).

S. 70: Die Kranke

Erstdruck in *Hessischer Volksfreund* (Darmstadt), 23. März 1926 (Nr. 69).

S. 72: Der Maßstab

Erstdruck in *Berliner Börsen-Courier*, 23. März 1926 (Nr. 138).

S. 74: Der Liebhaber

Erstdruck in *Berliner Börsen-Courier*, 27. April 1926 (Nr. 193). Später ebenfalls in *Neue Badische Landeszeitung*, 30. Oktober 1926 (Nr. 551); abgesehen von einer leicht veränderten Absatzgliederung finden sich dort an zwei bedeutsamen Stellen andere Formulierungen, von denen nicht zu entscheiden ist, ob sie auf Walsers Manuskriptvorlage oder auf Fehllesungen zurückgehen. Am Ende des ersten Absatzes heißt es im Zweitdruck »lebte« (statt »liebte«). Und der letzte Satz des zweiten Abschnittes lautet: »Damit ist vielleicht ein Teil des Geheimnisses des Liebens erklärt« (statt »Liebenden«).

In einem weiteren Abdruck, den die *Kasseler Post* am 29. März 1927 brachte, hat man eine Mischform beider Varianten; dort steht zunächst »liebte«, dann aber »Liebens«.

S. 77: Acht Uhr

Erstdruck in *Berliner Börsen-Courier*, 2. Juni 1926 (Nr. 250).

S. 80: Das Karussell

Erstdruck in *Neue Badische Landeszeitung*, 8. Juli 1926 (Nr. 341). In einem Brief an Frieda Mermet vom 22. Juli 1924 schreibt Walser zum gleichen Thema: »Übrigens saß und lag ich neulichen Sonntags [...] wie eine wahre Nonne sittsam im Baldachin bedeckten Carousselhäuschen, es ging himmlisch rund herum, und nachher aß ich eine Schweinswurst.« (*Briefe*, S. 216) Die Episode ging u. a. auch in den *Räuber*-Roman ein (vgl. *Bleistiftgebiet* 3, S. 74).

S. 82: Gartenwirtschaft

Eine gekürzte Version des Textes erschien erstmals am 14. Juli 1926 im *Berliner Börsen-Courier*, (Nr. 322; es fehlt dort die Passage von »Auf einem Tisch sind Lebkuchen...« bis »... findet rasch Abnahme.«). Der vorliegende Wortlaut folgt deshalb der vollständigeren Fassung aus der *Neuen Badischen Landeszeitung* vom 10. August 1926 (Nr. 401). Im übrigen unterschiedet sich der Erstdruck in zwei Formulierungen vom hier zugrunde gelegten. In Zeile 2/3, S. 83 steht dort der Singular: »an solchem Tag«, während in Zeile 21, S. 83 ein betonendes »so« hinzugefügt ist: »Glücklich sein ist so schön!«

S. 84: An eine Kabarettkünstlerin

Erstdruck in *Neue Badische Landeszeitung*, 13. September 1926 (Nr. 463).

S. 86: Erwin

Erstdruck in *Magdeburgische Zeitung*, 24. Oktober 1926 (Nr. 541); Zweitdruck in *Hamburger Nachrichten*, 18. März 1927 (Nr. 129). Die Erinnerung an ein blaugestrichenes Wägelchen taucht auch in einem Mikrogrammtext auf, den Walser für die Umfrage der *Neuen Zürcher Zeitung* nach dem bevorzugten Herbstferienort schrieb, ohne ihn dann allerdings einzusenden (siehe *Bleistiftgebiet* 4, S. 204 ff., und die Anmerkung S. 445 f.). Autobiographischer Hintergrund der Reminiszenz dürfte ein Ferienaufenthalt im Ried bei Biel in Walsers Kindheitstagen gewesen sein.

S. 88: Der Mann bei den Blumen

Erstdruck in *Kasseler Post*, 18. Mai 1927 (Nr. 138)

S. 90: Warum reise ich gerne? – Antwort auf eine Umfrage

Erstdruck in *Für die Frau. Beilage zur Frankfurter Zeitung*, 30. Juni 1929. Auf die Umfrage antworteten außerdem Franz Hessel, Joseph Roth, Emmy Hennings, Hans Siemsen u. a.

S. 92: Der Kanal

Erstdruck in *Berliner Tageblatt*, 4. Juni 1933 (Nr. 258). Walser spielt auf den Nidau-Büren-Kanal an, der im Rahmen der Juragewässerkorrektion in den Jahren

1868-1888 erbaut wurde. Durch ein Netz von Kanälen konnte damals das Berner Seeland von den periodischen Überschwemmungen befreit werden. Schöpfer des Plans war der Arzt und Politiker Johann Rudolf Schneider (1804-1880), der in Meienried b. Büren geboren und in Nidau aufgewachsen war. Dort erinnert auch ein Denkmal an seine Verdienste als »Retter des Seelands«.

S. 94: Der Wald

Erstdruck in *Berliner Tageblatt*, 5. Juli 1933 (Nr. 310). Die Hauptfigur des Textes rezitiert am Ende ein Gedicht, das Walser auch unter dem Titel *Die Alleinstehende* (vgl. SW 13, S. 237) ins Reine geschrieben hat.

S. 99: Baden

Erstdruck in *Die Dame*, 47. Jg. (1919/20), Nr. 7 (Januar 1920), S. 7.

S. 102: Das Ruheplätzchen

Erstdruck in *Die Dame*, 47. Jg. (1919/20), Nr. 16 (Mai 1920), S. 2.

S. 103: Der Garten

Erstdruck in *Schweizerisches Familien-Wochenblatt für Unterhaltung und Belehrung*, 40. Jg. (1920/21), Nr. 12 (18. September 1920), S. 94.

S. 104: Der Winter

Erstdruck in *Deutsche Zeitung Bohemia* (Prag), 25. Dezember 1920 (Nr. 300).

S. 106: Poet und Mädchen

Erstdruck in *Die Dame*, 49. Jg. (1921/22) Nr. 19 (Juli), S. 2.

S. 111: Fragment ohne Titel (I)

Der Text wurde auf der Rückseite von *Die Frau des Dramatikers* notiert und von Walser mit Bleistift durchgestrichen.; siehe auch Anmerkung zu S. 47.

Walsers gedanklicher Ausflug in die Schweiz wurde offenbar von der Hochzeitsreise seines Bruders Karl inspiriert, der 1910 mit seiner Frau zunächst Venedig und anschließend die St. Petersinsel im Bielersee besuchte.

S. 111: Fragment ohne Titel (II)

Es handelt sich um einen durchgestrichenen Text, der auf der Rückseite des Manuskript von *Kuhstall* notiert wurde; siehe dazu Anmerkung zu S. 47.

S. 113: Saal im venezianischen Palast der Duse

Handschriftliches Manuskript, 1 Blatt, Zentralbibliothek Zürich. Der mit Kopierstift durchgestrichene Text befindet sich auf der Rückseite des Prosastücks *Büchners Flucht*, das am 29. August 1912 (8. Jg., Nr. 34/35, S. 174) in der Zeitschrift *Schaubühne* publiziert wurde.

S. 114: Die Kellnerin

Handschriftliches Manuskript, 1 Blatt, Zentralbibliothek Zürich. Das Fragment findet sich auf der Rückseite von S. 2 der Handschrift des Prosastücks *Die Indianerin* (erschienen in *Die Schweiz*, März 1915). Der Text ist – wie die vorangehenden – von Walser durchgestrichen worden und scheint demnach einen abgebrochenen Entwurf darzustellen.

Suhrkamp Verlag GmbH
Torstraße 44, 10119 Berlin
info@suhrkamp.de
www.suhrkamp.de